365일,
교도소를 읽다

365일, 교도소를 읽다

초판 발행일 2020년 2월 21일
2쇄 발행일 2020년 5월 15일

지은이   김백윤
펴낸이   손형국
펴낸곳   (주)북랩
편집인   선일영   편집 강대건, 최예은, 최승헌, 김경무, 이예지
디자인   이현수, 한수희, 김민하, 김윤주, 허지혜   제작 박기성, 황동현, 구성우, 장홍석
마케팅   김회란, 박진관, 장은별
출판등록 2004. 12. 1(제2012-000051호)
주소   서울특별시 금천구 가산디지털 1로 168, 우림라이온스밸리 B동 B113~114호, C동 B101호
홈페이지   www.book.co.kr
전화번호   (02)2026-5777   팩스 (02)2026-5747

ISBN   979-11-6539-078-5 03810 (종이책)   979-11-6539-079-2 05810 (전자책)

이 도서의 국립중앙도서관 출판예정도서목록(CIP)은 서지정보유통지원시스템 홈페이지(http://seoji.nl.go.kr)와
국가자료공동목록시스템(http://www.nl.go.kr/kolisnet)에서 이용하실 수 있습니다.
(CIP제어번호: 2020007607

(주)북랩 성공출판의 파트너

북랩 홈페이지와 패밀리 사이트에서 다양한 출판 솔루션을 만나 보세요!

홈페이지 book.co.kr   •   **블로그** blog.naver.com/essaybook   •   **출판문의** book@book.co.kr

365일,
교도소를 읽다

김백윤 지음

벽과 마주한 절대고독의 시간 속에서 깊은 고뇌가 사색으로 피어나다

수인번호 554번이라는 숫자에 갇힌 후
마음의 자유를 되찾기까지
56가지의 색다른 생각이 담긴
수필가 김백윤의 옥중 에세이

북랩 book Lab

작가의 말
숨비 소리

/

어디가 하늘이고 어디가 호수인가. 동살이 비추기 전 호수는 경계가 없는 한 폭의 그림이다. 이 시간은 세상의 모든 색이 섞여 하나로 뭉친다. 진하고 엷은 색이 어우러져 바림을 만든다. 푸른색인 듯 회색이 돌고 남색에 노란빛이 스며있다. 스미고 흘러서 호수는 하늘에 다다르고 하늘은 호수에 빠진다. 풍덩, 소리 나지 않게 천천히 잠긴 하늘과 호수는 온갖 생명을 품고 있다.

어느덧 하늘이 열린다. 바림을 비집고 발간 불덩이가 솟는다. 호수에 빠져있던 하늘이 풀쩍 뛰어올라 옷자락을 움켜쥐자 숨어 있던 풍경이 드러난다. 호수와 바다를 가로지른 길이 깨어나고 나무가 팔을 벌려 햇빛을 안는다. 갈대의 수런거림이 고요한 호수를 흔들자 한 떼의 철새가 물을 박차고 튀어오른다.

철새가 날개를 퍼덕일 때마다 갯비린내가 길을 훌쩍 넘어 돌담에 스민다. 돌담에 기댄 내 몸에도 호수가 들어와 앉는다. 호수는 이미 내 안에 깃든 지 오래다. 사시사철 호수의 출렁임이 느껴지는 몸속 지도를 따라가면 과거의 어느 한곳에 머문다. 어렸던, 청년이었던, 중년이었던 내가 호수를 바라보고 있다. 그리고 지금, 이순을 훌쩍 넘긴 내가 돌담에 기댄 채 여전히 호수를 마주한다.

내가 태어나 자란 초가집을 등지고 나는 서 있다. 제주의 동쪽 해안가에 자리 잡은 하도리 마을은 고즈넉하다. 시간에 따라 변해가는 호수와 주위 풍경을 마음 캔버스에 그린다. 집 앞에 넓게 펼쳐진 호수는 철새도래지다. 바닷물과 민물이 섞인 호수는 먹이가 풍부해 겨울 철새의 중간 기착지나 월동지로 최적의 조건을 갖추고 있다. 주위에 넓은 갈대밭도 철새에게 은신처를 제공한다. 호수는 또한 나를 담는 그릇이기도 하다.

아침에 일어나면 마당에 나가 물빛을 바라본다. 희붐한 새벽녘 가슴을 차고 들어오는 시원한 공기에 몸과 마음을 씻는다. 수많은 계절이 오가는 동안 집은 조금씩 변했으나 호수의 물빛은 여전하다. 하늘과 바람, 햇빛을 품고 사람과 자연을 어우러지게 한다.

집을 떠나 교도소에서 지낸 일 년간 나는 호수가 몹시도 그리웠다. 철새와 갈대가 아른거렸고 무엇보다도 아내의 목소리가 간절했다. 호수가 일으킨 바람에 한가로이 흔들리는 빨랫줄이 꿈에 보였다. 해녀인 아내가 물질을 하느라 바다 위에서 가쁘게 내쉬는 숨비소리가 환청처럼 들려오기도 했다.

고요하던 호수의 수면에 큰 파문이 일어난 건 2010년 5월 20일이었다. 당시 도지사 선거에 관여했던 나는 한 식당에서 체포되었다. 선거운동 첫날이라 유세를 마친 연설원들에게 격려의 말을 전하고자 들른 식당이었다. 건장한 남자 여섯 명이 나를 에워싼 채 체포영장을 내밀었다. 믿기지 않는 현실에 앞이 캄캄했지만, 당당히 체포에 응했다. 쉽게 마음이 진정되지 않았다.

밖으로 나와 보니 동행했던 후배가 검찰 수사관과 실랑이를 벌이고 있었다. 승용차 뒷좌석에 놓아두었던 가방을 붙잡고 다투는 중이었다. 후배는 뺏기지 않으려 하고 수사관은 뺏으려 했다. 결국 가방은 수사관에게 넘어갔다. 가방에는 돈이 든 봉투가 여러 개 있었다. 후배와 나는 검찰청으로 압송되었다. 조사받는 과정에서 수사관은 봉투에 담겨있는 돈의 출처와 용도를 집요하게 물었다. 하지만 나는 아무 말도 할 수 없었다.

나의 죄명은 공직선거법 위반이었고 후배는 공무집행 방해

죄였다. 3일 후에 후배는 풀려났지만, 나는 오랫동안 조사를 받았다. 극도의 긴장 상태가 계속되었다. 조사가 끝나고 독방에 홀로 남자 주체할 수 없는 눈물이 쏟아졌다. 선거에 관심을 갖게 된 계기와 지금까지 내가 걸어온 날들이 스쳐 갔다.

선거에 발을 디디게 된 건 1990년경 친구를 만나면서부터였다. 당시 난 서울에 있던 직장을 그만두고 고향에 내려와 있었다. 친구는 도의원에 출마할 거라며 곁에 있어 주길 바랐다. 친구 따라 강남 간다는 말이 있듯이 자연스레 그를 따라다니게 되었다. 친구가 뜻을 이루지 못했을 때는 안타까웠다. 내가 부족한 탓인 것 같아 죄인이 된 기분이었다.

책임감을 느낀 나는 선거에 관한 걸 최우선으로 여겼고 친구도 노력을 아끼지 않았다. 그 결과 도의원 선거에서 좋은 결실을 맺을 수 있었다. 기쁘기 한량없었고 지금 생각해도 그때의 감동은 잊히지 않는다. 그리고 그는 어릴 적부터 가슴에 묻어두었던 국회 진출의 꿈까지 이루었다. 당내 경선과 본선은 하루하루가 도전이었을 만큼 힘들었다. 일련의 과정을 거치는 동안 오로지 친구의 행보에 맞췄다. 나는 사라졌고 누군가의 그림자로 존재한 날들이었다.

그렇게 시작한 선거 관련 일은 어느덧 내 삶의 전부가 되어 있었다. 어떤 후보자를 모시든 최선을 다했고 결과가 좋든 나쁘든 인정하고 받아들였다. 신뢰와 믿음은 나의 무기였으며 후보자들은 그런 내게 일을 맡겼다. 수적천석(水滴穿石)이란 말이 있듯이 노력은 삶을 배신하지 않았다. 도지사 보궐선거와 이년 뒤 도지사 선거 두 번에 걸쳐 내가 관여한 후보자가 당선되었다.

그러다가 2010년, 당선이 유력한 분이 도지사 불출마를 선언하는 바람에 나는 흔들리기 시작했다. 선거라는 한길을 향해 달려왔기에 길을 잃은 느낌이었다. 계속 가야 할지 말아야 할지 갈등과 번민은 깊어졌다. 여러 날이 지난 뒤에야 객관적인 입장에서 사태를 바라볼 수 있었고, 차차 그분의 선택이 옳았음을 알게 되었다. 불출마를 결정하기까지의 고뇌를 이해할 수 있었다. 그런 사정으로 인해 나는 당내 경선에 참여한 예비후보자 한 분을 돕게 되었지만, 그가 낙선했다. 그 바람에 한발 물러서 있었는데 주변의 권유로 경선에서 선출된 후보자의 선거에 참여하게 되었다.

그러던 중 선거관련자 두 사람이 경찰서로 연행되는 일이 생겼다. 나중에야 안 일이지만 그들의 일거수일투족은 감시당하고 있었다. 만남을 주선한 사람으로 지목된 내게 긴급체포

영장이 떨어졌다. 체포 당시 엎친 데 덮친 격으로 가방에서 돈이 든 봉투가 발견되는 바람에 나는 반박할 수가 없었다.

2010년 5월 21일 새벽 3시경 교도소는 적막했다. 교도소 문을 지날 때마다 덜컹거리는 쇳소리는 몸을 오싹하게 했다. 모든 입방 조치가 끝난 뒤 나는 독방에 갇혔다. 몹시 지쳤던 터라 그대로 쓰러져 잠이 들었다. 아침에 밥이 나왔으나 도저히 먹을 수 없었다. 시리도록 차가운 벽만 바라보았다. 지옥에 홀로 남겨진 기분이었다. 한 달 가까이 검찰 조사를 받았고 그동안 면회는 금지였다. 조사가 끝난 뒤 비로소 나는 현실을 깨달았고 내가 할 수 있는 일이 무엇인지를 곰곰 생각했다.

매일 노트에 글을 쓰기 시작한 건 나의 삶을 세우기 위한 출발이었다. 갑자기 달라진 일상 앞에서 나는 풍랑을 만난 배처럼 흔들렸기에 마음을 세울 무언가가 필요했다. 비바람이 되어 몰려오는 갈등과 번민을 잠재우고 지탱하기 위해 펜을 잡았다. 무엇이 잘못되었으며, 어떻게 살아왔는지, 그리고 어떻게 살아갈 것인지를 짚을 필요가 있었다. 또한 법 앞에 참 모습이고 싶었다. 죄에 대해 깊이 생각했다. 죄를 지으면 벌을 받아야 하고 죄는 결코 미화될 수 없다는 것이었다. 나는 공직선거법을 위반했고 그에 준하는 법의 심판을 겸허히 받아들였다. 처음에 억울했던 생각이 사라지면서 차츰 마음이 안정되었다.

출소하면 매일 쓴 글을 바탕으로 책을 내야겠다고 결심했다. 거창한 이유가 있는 건 아니었다. 진정한 나의 모습을 교도소에서 발견했기 때문이었다. 일 년이라는 짧은 수감생활이었지만 노트 수십 권을 채울 만큼 인생에 대해 깊이 생각한 날들이었다. 그리고 그만큼 절실했다. 선거일에 관여하는 사람들에게 말로 죄를 짓지 말라고 하는 것보다 온몸으로 보여주고 싶었다. 그들이 나를 본보기로 정당하고 당당하게 선거에 임한다면 그것으로 의미는 충분하다고 생각했다.

특히 아내에 대한 미안함은 마음의 짐이었다. 선거일을 시작하면서 집안은 항상 뒷전이었기 때문이다. 어떤 보상도 대가도 바라지 않은 채 매달렸던 그 시간 속에 나와 아내는 없었다. 얼음처럼 차가운 벽을 마주하고 나서야 아내가 흘렸을 눈물을 생각했다. 나는 스스로 약속했다. 눈물로 얼룩진 아내의 손에 책 한 권을 놓아주리라고…. 아늑하고 아름다운 내 집, 부모님의 흔적이 깃들어있는 초가집을 지킨 아내의 허한 가슴을 보듬어 주리라 생각했다.

혹자는 겨우 1년 정도의 수감생활에 유난을 떤다고 생각할지 모르지만, 자유와 가족에 대한 그리움은 수감생활의 길고 짧음에 상관없었음을 나는 절실히 느꼈다.

십여 년 전 칙칙했던 교도소 벽은 이제 기억의 저장고에서 발효되고 있다. 두꺼운 철문이 점점 얇은 문으로 바뀌기까지 지나온 시간이 아스라하다. 여명에 몸을 푸는 호수의 물빛 사이로 철새들이 먹이를 찾고 있다. "식사하세요." 등 뒤에서 아내의 목소리가 들린다. 평화롭고 고요한 아침이다.

2019년 겨울
김백윤

수감된 1년 동안을 기록한 노트는 총 25권이다. 이 책은 노트 3권을 간추린 내용이며 나머지도 연작으로 출간할 예정이다. 교도소에 있는 동안 염려해주신 많은 분들께 감사드린다. 특히 온갖 궂은일을 도맡아 해준 Y 사장과 변호사님께 진심 어린 고마움을 전한다.

차례

제3부 새벽이 열리는 소리

제4부 마음, 높은 벽을 넘다

제5부 길든다는 것

제6부 포승줄

제7부 수인번호

제8부 외로움은 외로움을 낳고

제1부

거기,
민들레가 있었다

01.
거기, 민들레가 있었다

작은 홀씨 하나 세파에 밀려

구석진 응달에 몸을 풀었다

더 갈 곳 없는 막다른 골목

펄떡이는 노란 심박이 따사롭다

바람이 먼저 다녀간 자리엔

너덜너덜해진 흙의 속살

그 살 비집고 여린 꽃대

겁도 없이 꼿꼿하다

바람오선지를 가득 채운

노란 음표들

동그랗게 잡은 손이 반짝,

희망의 등불을 켠다

아침 점검 시간이 다가오자 모두 바쁘게 움직인다. 이불을 정리하는 사람, 걸레로 방안을 훔치는 사람, 혼란스러운 가운데 질서가 있다. 나도 그들 틈에 낀다. 여태 걸레 한번 잡아 보지 않은 손으로 청소를 한다. 이곳에서는 누가 시키지 않아도 몸이 먼저 반응한다. 살기 위한 본능적 행동이다. 문득 집안일에 소홀했던 지난날이 떠올라 씁쓸레하다. 아내에 대한 미안한 마음이 돌덩이가 되어 가슴을 짓누른다.

교도소 높은 담장 너머 측백나무가 흔들리고 있다. 제주도가 태풍 영향권에 든 탓인지 방안까지 눅눅하다. 이런 날씨에는 예민해지기에 십상이다. 갇혀 지내다 보면 주변 분위기에 영향을 받는다. 사소한 일에 시비가 붙는 일도 허다하다.

언제 왔는지 비둘기가 창가 앞 공터를 돌아다니고 있다. 땅콩을 던져주자 잽싸게 움직인다. 먹이가 궁했나 보다. 비둘기가 헤집고 다니는 공터에 어제까지 없던 민들레꽃이 보인다. 높은 벽 아래 피어있는 꽃 한 송이가 시선을 훔쳐 간다. 척박한 땅에 뿌리를 내리고 꽃대를 곧추세운 채 이쪽을 빤히 바라본다. 노란색 꽃이 내 마음 벽에 환한 붓질을 한다. 얄푸른 어린 새싹이 뚝기 있어 보인다.

여기는 햇빛도 넘지 못할 만큼 높은 벽으로 둘러싸여 있다.

습기가 많은 데다 칙칙해서 화초가 자라기에 적합하지 않다. 하지만 민들레는 계절의 경계마저 건너뛰어 불을 밝혔다. 어쩌다가 여기까지 오게 된 것인지 궁금하다. 머지않아 추운 계절이 닥칠 텐데 아랑곳없이 천진한 게 시드럽다. 갇혀 있는 나를 보는 민들레의 마음도 그러할까.

담 밖에서는 워낙 흔한 데다 보잘것없는 꽃이어서 눈길이 가지 않았다. 사방 천지에 화려하고 탐스러운 꽃이 많으니 키 작은 민들레를 들여다보는 일은 흔치 않았다. 어쩌다 고개가 바닥으로 향할 때 잠깐 스쳐 간 꽃에 불과했다. 그런데 교도소에서 접하고 보니 꽃 이상의 의미로 다가온다. 한갓 작은 식물이 주는 메시지가 이렇게 절실한 건, 이곳에 깔린 무거운 기운 때문인지도 모른다.

사람들은 민들레를 화초라 부르지 않는다. 다른 꽃들과 달리 무시해버리기 일쑤다. 그뿐인가. 화단을 가꿀 때면 잡초로 분리해 내팽개쳐버린다. 그런 사람들의 푸대접에 익숙한 듯 민들레는 황폐한 땅에 뿌리를 내린다. 그리고 안으로 삭힌 한(恨)을 쏟아내듯 세상을 향해 외친다. 고향을 떠나 교도소에 갇혀 있는 나 또한 민들레와 다를 바 없다.

하늘은 비구름으로 덮여 금세 어두워진다. 낮임에도 어둠이 장막(帳幕)을 친다. 바람을 타고 날아드는 굵은 빗방울이 유리창을 두드린다. 이런 날은 작은 일에도 신경이 곤두서기 때문에 옆 사람과의 간격을 넓히는 게 좋다. 하루가 무탈하게 지나기만을 바란다.

바람이 한차례 지나가자 빗방울이 휘날린다. 민들레가 몸을 웅크리고 바르르 떤다. 순간 아내의 얼굴이 떠오른다. 지금쯤 거센 비바람이 고향 집도 흔들고 있을 것이다. 초가집이라 지붕을 단단히 동여매야 하는데 혼자 해낼 수 있을지 걱정이다. 지금 내가 할 수 있는 건 고작 민들레꽃을 응원하는 것뿐, 꽃대는 꺾일 듯 나풀거리면서도 끈질기게 버티고 있다. 아내도 그렇게 비바람을 맞고 있으리라.

영어(囹圄)의 몸이라는 현실이 강하게 가슴을 친다. 높은 담장 너머 측백나무가 쉴 새 없이 휘청거린다. 나의 혼(魂)이 비바람에 펄럭댄다. 민들레꽃도, 나도, 아내도 힘겨운 시간의 강을 건너고 있다.

2010. 8. 30.

02.
운동 시간

밤새 바람의 기가 꺾인 것일까. 어제 그토록 사납던 날씨가 언제 그랬냐는 듯 시치미를 떼고 있다. 하지만 하늘에는 매지구름이 덮여 있고 교도소 주변에는 안개가 자욱하다. 방 안 분위기마저 침울하게 가라앉아 있다. 태풍의 길목이라고는 믿기 어려울 정도의 조용함이다. 마치 폭풍전야의 고요함 같다. 대자연의 섭리를 알 수 없으니 철장 안에서 고개만 갸우뚱거린다.

오늘따라 조선족 젊은이의 생뚱맞은 행동에 모두 이목이 쏠린다. 그는 눈치가 빨라 방 청소도 먼저 하려 한다. 걸레질하는 모습이 예전 초등학교 때, 우리가 교실을 닦던 행동과 비슷하다. 장난스러운 표정까지 그때 아이들 같아 웃음이 난다. 처음엔 주위를 경계하는 빛이 역력했는데 이제는 제법 여러 사람과 대화도 스스럼없다. 그런 걸 보면 생활환경과 관습이 다를지라도 인간은 서로 통하게 되어 있나 보다.

오늘 운동 시간에는 뛰지 않고 천천히 걷는다. 걸으면서 담 밖의 모습을 떠올린다. 내가 왜 여기 이러고 있을까 하는 생각이 내내 머릿속을 맴돈다. 마음이 혼란스러워 운동이 제대로 되지 않는다. 대충 걷다 보니 30분이 끝나간다. 씻으려고 운동장 한쪽에 설치된 샤워장에 갔더니 이미 만원이다. 말이 샤워장이지 수도꼭지 몇 개가 전부라 많은 인원이 이용하기에는 턱없이 부족하다. 아쉽지만 포기할 수밖에 없다.

운동 시간에 제대로 움직이지 않아서인지 몸이 찌뿌둥하고 무겁다. 운동량이 부족하고 먹는 걸 절제하지 않은 탓이다. 식사량을 줄이고 좀 더 적극적으로 운동해야 할 필요를 느낀다. 여기서 잘 지내려면 몸을 가볍고 활력 있게 만드는 게 우선이다. 운동에 집중하면 잡념도 고민도 사라진다. 외로움과 걱정도 잠시 잊힌다. 머릿속을 헤집고 다니는 의문들도 수그러든다. 마음 같아선 탈진할 때까지 달려보고 싶다. 복잡한 생각이 들 때는 모두 잊고 운동에 전념하고 싶다.

시간이 정해진 것처럼 운동을 같이하는 팀도 정해져 있다. 우리는 미결수 사동 1층에 있는 5에서 7번 방 사람들과 함께한다. 사람들이 운동의 중요성을 인식하고 있는지 아주 열심이다. 나는 엄두를 못 낼 정도로 전력을 다해 뛰는 사람이 있는가 하면, 어떤 이는 자기 나름대로 터득한 방법을 이용한다. 스트레칭을 하거나 근육을 단련하는 이들도 있다.

담 밖에서는 뛸 때 쉽게 숨이 차곤 했다. 그런데 이곳에서는 뛰거나 걸어도 호흡이 고르다. 몸이 한결 가벼워지고 건강해졌다. 꾸준하고 규칙적인 생활 덕분이다. 비록 이곳이 교도소라 할지라도 이렇게 하나하나 긍정적으로 바뀌 갈 수 있음에 안도한다. 그런 확신이 생겨서 다행이다. 이것으로 만족할 수 없다. 더 건강하고 강해져야 한다. 반백년을 넘게 살아온 내가 이 정도도 못 이겨낼까. 마음을 다잡는다.

술과 담배의 해악성도 이곳에서 실감한다. 매일 함께하지 않으면 허전했던 그때의 나는 나약했다. 몸에 나쁘다는 걸 알면서도 멀리하지 못했다. 마음으로는 금주와 금연을 수천 번 외쳤지만, 행동은 그러지 못했다. 이곳에선 생각조차 나지 않는다. 구할 수도 없지만 가까이하고 싶지도 않다. 몸을 추스를 수 있는 시간을 주니 다행이라고 해야 할까. 이곳에서 나가더라도 과음을 한다거나 담배를 피우지는 않을 것 같다. 그렇게만 된다면 이곳 생활이 헛되지만은 않으리라.

누군가를 만나야 하고 처리해야 할 일이 별로 없는 지금은 단조로움 그 자체다. 그런데 썩 나쁘지만은 않다. 복잡한 머릿속을 비워내고 그곳에 사색의 공간을 마련할 수 있어서다. 하루가 저무는 이 시간, 어둠이 주위를 물들이지만 오히려 내 머릿속에는 전등 하나 반짝, 하고 켜진다.

2010.8.31.

03.
식사 시간

둥근 밥상에 둥근 밥그릇

둥근 숟가락에 둥근 쌀밥

모난 사람들이 둥글게 모여 밥을 먹는다

둥근 밥알이 둥근 목으로 넘어가면

생각 모서리도 둥글어진다

설움과 고독을 둥근 밥 위에 올려놓고

둥근 입을 벌려 어긋난 삶을 먹는다

모난 감정이 입속에서 으깨어지고

둥글둥글한 언어가 탄생한다

칼날 같은 눈빛이 순해지고

뼈를 깎는 외로움마저 둥글어지는 시간

둥근 밥그릇에 둥근 숟가락을 꽂는

바로 그 시간

교도소에 갇혀 지내는 사람들은 먹는 것에 집착한다. 내일 당장 죽을 목숨이 아닌데도 유독 욕심을 낸다. 내가 지내는 방은 정원이 열 명이다. 열 명이 함께 밥을 먹고 설거지도 한다. 물론 그 모든 것들은 작은 방에서 이루어진다. 교도소는 엄격하게 시간을 준수하므로 식사도 정해진 시간 안에 시작하고 끝내야 한다.

식사 10분 전에는 밥상을 펴고 각 인원수에 맞게 숟가락과 젓가락을 놓는다. 누군가의 실수로 수저가 엉뚱하게 놓이면 난처한 상황이 발생하므로 신경 써야 한다. 밥과 국을 담을 큰 그릇을 준비하고 식사 후 마실 물과 컵도 미리 챙긴다. 간혹 개인이 구매한 반찬이 있으면 그것도 꺼내놓는다.

밥을 기다릴 때면 시골 밥상 생각이 절로 난다. 졸이듯 되직하게 끓인 된장찌개와 구수한 누룽지가 놓인 조촐한 밥상이 눈에 아른거린다. 밥을 먹은 후에는 풀벌레 연주를 자장가 삼아 한숨 자도 좋으리라. 더 바랄 것 없이 푸근한 땅의 기운과 바다 냄새만으로도 행복할 수 있을 텐데…. 짧은 시간 상상의 나래를 편다.

그러다가 소지(사동도우미)가 "배식!"이라 소리치면 현실로 돌아온다. 자그마한 구멍으로 인원수에 맞게 밥과 국을 받는다. 기본적인 반찬도 같이 들어온다. 감방장의 "시작!"이란 신호가 떨어지면 밥을 먹는다. 밖에 있을 때는 교도소 생활이 자유가 없음은 물론이고, 엄한 분위기 속에서 지낸다고 들었다.

식사도 콩밥에 반찬이라야 고작 깍두기 정도일 거로 생각했는데 그건 아니다. 쌀이 섞인 보리밥에 반찬도 몇 가지는 된다. 단지 질이 그리 좋아 보이진 않는다. 양이 부족하거나 못 먹을 정도는 아니니 다행이라 여긴다. 단지, 정신적인 외로움은 극복되지 않는다. 우리에 갇혀 사육되는 기분이다. 잘 차려진 밥상이라 할지라도 구속된 상황에서의 식사는 살기 위해 먹는 일종의 의식에 불과하다.

교도관에 의하면 예전과 달리 수감자에 대한 대우가 좋아졌다고 한다. 개인 프라이버시도 보호받다 보니 이곳 생활에 안주하려는 사람도 있겠다는 노파심이 든다. 그렇다고 담 밖에서 생활하는 것보다 좋다는 건 아니다.

가끔 간식으로 빵, 음료수, 과자도 먹을 수 있다. 그런 날은 분위기가 화기애애하다. 먹을 것 하나에도 다들 흡족해하고 행복할 수 있다니 놀랍다. 하지만 이런 것들은 돈을 주고 구매해야 한다. 이곳에서도 돈의 힘은 절대적이다. 환경 자체가 열악하다 보니 단순한 일에도 다툼이 일어나고, 작은 것에 똘

똘 뭉치기도 한다. 그 때문에 내 것을 챙기기보다 베풀겠다는 마음에 무게를 둔다.

이런 마음을 유지하기 위해 '현재 생활에 충실하라.'는 말을 새긴다. 일기장 맨 앞장에 '일기일회(一期一會)'라는 단어와 함께 적어둔 글이다. 일기일회는 평생에 단 한 번 만남이거나 그 일이 생애에 단 한 번뿐인 일을 뜻한다. 기회를 소중히 하라는 의미로 쓰인다.

지금을 어떻게 사느냐가 내일의 나를 결정한다는 사실을 상기하고자 적어둔 글귀다. 이 문구가 삶의 원동력이 되어 하루를 또 살아가게 한다. 불확실한 미래보다 오늘이라는 현실이 중요하다. '오늘'이라는 건 세상 누구에게나 주어진 값진 선물이기 때문이다. 지나간 시간을 등에 업고, 다가올 미래를 향해 손을 뻗으며 나는 오늘도 밥상 앞에 앉는다.

2010.9.1.

04.
화장실 비가(悲歌)

오늘은 웬일인지 잠에서 일찍 깼다. 다른 사람들은 아직도 자고 있다. 화장실을 가고 싶지만 조심스럽다. 한 사람이 겨우 들어가 일을 볼 정도로 화장실은 매우 좁다. 화장실은 내게 핍진한 현실을 일깨워준 공간이기도 하다. 황당한 일을 당한 적이 있어서다.

이 방에 들어온 지 며칠 되지 않은 어느 날, 화장실에서 볼일을 보고 아무 생각 없이 물을 내리고 나왔다. 그런데 한 사람이 대뜸 내게 욕을 했다. 영문을 몰라 그를 쳐다보자 다시 욕을 하며 투덜거렸다. 나는 왜 그러느냐고 물었다. 그러자 그는 주먹으로 때릴 기세였다. 아무리 교도소라지만 이거 너무하지 않은가 싶어 어안이 벙벙했다.

상황이 심각해지자 감방장이 나섰다. 먼저 욕을 한 사람에게 그만하라 한 다음, 나에게도 한마디 했다. 여러 사람이 생활하는 곳이라 모두가 예민하니 화장실을 이용할 때는 조심스럽게 물을 내려야 한다고 덧붙였다. 아, 짧은 탄식이 나왔다. 이곳에서는 암묵적(暗默的)인 규칙이 있고 그걸 모르면 몰상식한 사람이 되어버린다는 걸 깨달았다.

이곳 생활에 대해 소상히 가르쳐 준 사람은 없었다. 눈치코치로 살아야 한다는 걸 알게 되었다. 순간 그들에게 미안하다는 말과 조심하겠다는 약속을 할 수밖에 없었다. 참담한 기분이었다. 누군가 귀띔해 주었더라면 당연히 조심했을 텐데 하는 아쉬움이 남았다.

며칠 후, 나에게 욕을 한 젊은이 나이를 옆 사람에게 물어봤더니 20대 초반이라고 한다. 또 한 번 기가 막혔다. 나는 한참을 곰곰이 생각했다. 아들보다 어린 사람에게도 괄시를 당할 수 있는 게 교도소라는 게 씁쓸했다. 규칙을 알아가는 과정은 지독한 상실감을 주었다. 담 하나를 사이에 두고 삶의 모습이 이렇게 다르다는 건 뼈아픈 현실이었다. 그 후 화장실은 상징적인 공간이 되었다.

새벽에 맨 먼저 소리가 나는 곳은 주방이다. 고요한 어둠 속에서 연상되는 주방의 분주함을 나는 즐긴다. 밥 짓는 소리와 냄새가 풍겨올 때면 집 생각도 간절해진다. 오늘은 귀뚜라미 소리까지 들린다. 내 마음을 귀뚜라미가 알아차리고 대신 울어주는가 싶다. 이른 아침부터 곤충 울음이 기운찬 걸 보니 맑은 날을 기대할 수 있을 것 같다. 새벽을 밝히는 귀뚜라미 울음소리가 경쾌하다. 전에는 알지 못했던 것들에 대한 새로운 발견이다. 귀뚜라미 울음소리에 의미를 실어보는 것도 공간이 주는 특별함이다.

다른 사람들이 곤하게 잠든 새벽에 홀로 듣는 자연의 소리가 귀하다. 오늘따라 주방 굴뚝과 베이지색 물탱크도 반듯한 풍경으로 다가온다. 그 주변에 있는 나무의 우듬지만 흔들리고 있을 뿐 고요한 아침이다. 새로울 것 없는, 그리고 아름다움과는 거리가 먼 건물인데도 희붐한 새벽은 내게 많은 의미를 던져준다.

아침이 밝아 오는 것은 물탱크의 변화를 보고 알 수 있다. 해가 뜰 무렵이면 물탱크 주변부터 붉게 물들기 시작한다. 나는 새벽이 되면 내가 지내던 고향 쪽을 바라본다. 동쪽에 자리한 고향으로 내 소식을 전하고 싶어서다. 그러나 이곳의 창은 남쪽으로 나 있어 동쪽을 바라볼 수 없다. 그래서 물탱크색의 변화를 보고 동쪽의 기운을 얻는다. 잠깐 사이에 주변이 환해지고 있다.

담 밖에서는 술잔에 여명(黎明)을 담는 날이 많았다. 술을 마시다 밖으로 나오면 동이 트고 있어 머쓱해진 적도 한두 번이 아니다. 이렇게 경건하게 아침의 기운을 접하는 건 흔치 않은 일이다. 기분 좋은 하루를 예감한다. 어느새 아침 기운을 받았는지 옆 사람들이 하나둘 깨어나기 시작한다.

2010.9.2.

05.
신입의 잠자리

　가로세로 1m인 화장실은 우리에게 매우 유용한 곳이다. 방식구들은 일과를 그곳에서 시작한다. 아니, 사실 화장실은 다용도실이라고 하는 게 맞겠다. 열 명의 장정이 사용하기에 턱없이 작은 곳이지만 교도소라는 특수성은 그 모든 것을 초월한다. 그러다 보니 규칙이 생기기 마련이다. 암묵적인 것과 그렇지 않은 경우도 있다.

　화장실 바로 옆은 신입의 잠자리다. 지금은 조선족 젊은이가 그 자리를 차지하고 있다. 밤낮없이 사람들이 들락거리는 곳이라 그로서는 여간 불편한 게 아니다. 게다가 평소 감정이 좋지 않은 사람은 부러 밟고 지나기도 하니 벙어리 냉가슴 앓듯 한다. 하루는 그가 참기 힘들었는지 잠자리를 바꿔 달라고 했다. 하지만 어림없는 일, 핀잔만 당했다. 신입은 선택의 여지가 없고 통상적으로 거쳐야만 하는 자리라 새로운 사람이 오기만을 기다린다. 나 역시 처음에는 그 자리에서 잤다.

밤에는 화장실 사용에도 신경 써야 한다. 문을 열 때는 최대한 조용히 여닫는 게 기본이다. 소변을 보거나 대변을 본 뒤 물을 내릴 때도 소리가 나지 않게 신경 써야 한다. 바가지를 사용하는 이유다. 그래야 잠자는 데 방해가 되지 않는다. 이렇게 교도소 생활은 규칙이 우선이다. 이런 규칙을 몰랐다가 혼난 적이 내게도 있다. 변기 물소리를 의식하지 않고 내렸다가 나이 어린 사람에게 욕설을 들은 건 충격이었다.

소변이야 큰 문제가 되지 않지만, 대변은 잠자리 들기 전에 해결해야 한다. 그래야 편안하게 잘 수 있다. 만약에 그렇지 않고 밤중에 큰일을 보게 되면…. 상상도 하기 싫다. 화장실에서 풍기는 냄새와 물 내리는 소리로 모두 잠을 깰 것이고 그 원망을 어찌 감당하겠는가. 환경에 몸을 맞추는 건 중요하다.

이곳은 자기에게 조금의 불리함도 용납하지 않는다. 본인의 행동도 중요하지만, 서로에게 피해를 주지 않는 범위에서 자신의 존재감을 드러내야 한다. 사소한 걸 가지고 다투는 사람들, 다툼이라고 해봐야 토닥거리는 정도지만 그래도 다툼의 빌미를 만들어서는 안 된다. 만약에 작은 싸움이 크게 번져 수습이 안 되면 징벌방에 갇히게 된다.

그래서 아무리 체격이 좋고 힘이 센 사람도 쉽게 주먹을 날리지 못한다. 우리 방은 다툼이 거의 없는 편이다. 만약에 근본적으로 나쁜 성격을 가졌거나 타인과 원만히 지내려고 하지 않는 사람은 감방장이 관구계장에게 건의하여 조치를 요구한다. 그만큼 엄격하게 운영된다.

그리고 방을 배정할 때도 죄질과 성향을 고려한다. 내가 지내는 방은 경제사범과 초범이 들어오는 방이라 다른 방에 비해 분위기가 원만한 편이다. 그러나 강짜 방이나 조직방 같은 곳은 지내기가 매우 불편하다고 한다. 내가 지내는 방은 나이 많은 사람을 우대해 주고, 연장자는 젊은 사람들을 보살피려고 노력한다. 때로 가족 같은 유대를 형성하기도 한다.

교도소에서 이런 행운을 마주할 수 있는 사람은 극히 드물다. 운이 따라준 덕분이다. 수감생활을 통해 세상을 보는 관점이 바뀌었다. 내 뜻을 관철하려고 다른 사람을 윽박지르기도 했던 담 밖에서의 생활을 되돌아본다. 그때의 어리석음을 이제야 깨닫는다. 당시에는 옳고 그름을 판단하기 어려웠는데 지나고 난 뒤에야 그것들이 선명하게 보인다. 사람에게 있어 가장 현명한 조언자는 시간이 아닐까 생각한다. 지금도 시간은 나를 만들고 있다. 또한 지우고 있다.

2010.9.3.

06.
어둠속에서

생각은 어둠을 먹고 자란다
어둠이 깊을수록 환해지는
생각의 뿌리
하얀 뼈를 가진 사상들은
빛 속에서 흐늘거리다가
밤이면 단단해진 뼈를 움켜쥔다
어둠의 동공이 촉수를 밝히고
생각의 등을 냅다 후려치는 시간
또렷하게 살아나는 것들은
차가운 눈으로 뜨거운 심장을 향한다
돌돌 말아 쥔 어둠을 쫙 펼치자
모호한 생각들이 환해지기 시작한다
푸른 이파리가 생각의 틈에서 얼굴을 내민다

새벽에 눈 뜨면 맨 먼저 창문을 바라본다. 방에 불이 켜져 있어 창밖에 포진한 어둠의 깊이를 분간할 수는 없다. 방 안 불빛을 받아들인 유리창에 희미한 달 모형이 떠오른다. 먹빛 유리창에 미명의 푸른빛이 배어나기 시작하고 나서야 새벽이 멀지 않았음을 알 수 있다. 여명은 건물 사이사이와 구석에 숨어있는 어둠을 깨우기 시작한다.

햇살이 점점 굵어지면 아침은 어느덧 방안을 기웃거린다. 아침의 맑은 웃음에 끌려 창가에 기대어 밖을 본다. 가끔은 책장을 덮고 깊은 사색의 바다로 배를 저어간다. 나를 다듬는 시간이다. 스스로에게 철저하고 엄격해지기 위해서다. 온갖 사변과 잡념이 이성을 유린하고 있지는 않은지, 안일함에 안주해 냉철함을 잃어버린 건 아닌지를 살핀다.

아집에 갇혀 소통의 출구를 막지 않기 위해 마음을 청소하는 일은 필요하다. 혼돈이 세력을 뻗기 전 울타리를 쳐야 하는 일은 매일 이어진다. 세상 모든 게 조화로움 속에 있듯 이성과 감성도 조화를 이루어야 자신의 본분에 충실할 수 있다. 사색은 그걸 가능하게 한다.

가을바람이 차갑게 느껴지는 건 연휴라 운동을 하지 못해서인가 보다. 세상 사람들이 명절과 휴일을 즐기는 동안, 우리는 지루한 시간을 견디고 있다. 사람들을 위해 만들어진 휴일이 우리의 발을 묶어놓은 탓이다. 운동도 면회도 없는 연휴 기간을 버티는 건 쉽지 않다. 더구나 한정된 음식은 상대적인 박탈감을 더해준다.

머지않아 찾아올 겨울에 대한 두려움이 살짝 고개를 든다. 교도소에서 맞는 동장군은 어떨지, 견딤의 시간이 될 거라 예상한다. 다가올 계절을 생각하는 것만으로도 또 하나의 과제가 생겼다. 추위를 잘 이기기 위해 이 계절이 다 가기 전 체력을 보충하는 일이다. 몸 상태를 최고로 만들어 놓아야 차디찬 계절과 맞설 수 있다. 담요 한 장과 사람의 온기로 버텨야할 겨울을 생각하면 남아있는 가을 햇볕이라도 몸 안에 저장해두고 싶다.

오늘도 하루가 저물자 잠든 재소자들의 곤한 숨소리가 어둠 속에 또렷이 살아난다. 크고 작은 숨소리는 어두운 가운데에서도 그들의 존재를 느끼게 한다. 어둠은 사람을 잠들게 하고 피로를 풀어주고 새로운 날을 맞이할 수 있도록 에너지를 채워주는 아군이다. 문득 어둠에 대해 생각한다.

불이 없던 시절, 인간에게 가장 큰 공포를 주는 건 어둠이었다. 인간은 이를 극복하기 위해, 아니 두려움을 극복하기 위해 불을 발견했다. 불로 인해 인간의 삶은 대변혁을 맞이했다. 불은 불에서 끝나지 않고 환함으로 이어졌다. 인간의 생명에 필요한 먹을거리는 불로 인해 더 부드러워지고 다양해졌다.

그뿐인가. 불은 빛을 낳았고 빛은 인간의 세계를 지배하게 되었다. 결국, 인간은 밤낮 꺼지지 않는 빛 속에 갇혀버렸다. 그 후 어둠을 잃어버린 인간들은 자신을 숨길 수조차 없게 되었다. 캄캄한 곳에 있어도 인간의 뇌에는 빛이 산다. 담 밖 세상은 빛의 세계고, 전자기기와 휴대폰이 없는 이곳은 빛과 어둠이 공존하는 세상이다.

TV가 꺼진 방안은 깊은 침잠으로 들어간다. 어둠은 또 다른 자아를 보는 화면이다. 지금 있는 곳이 어디이며 무엇을 하고 있고 무엇을 해야 하는지를 질문하게 한다. 피사체를 쫓는 카메라 렌즈처럼 나를 들여다본다. 내면에 숨어있는 진실을 보게 한다. 타인의 눈을 피해 나를 마주할 수 있는 시간이다. 빛이 차단된 공간은 안온하다. 어둠 속에서 묻는다. "나는 누구인가?"

2010.9.4.

07.
시간 속에 갇히다

일요일은 시간이 더디게 흐른다. 평일에는 운동과 면회가 허용되지만, 휴일은 그런 게 없어서다. 운동은 하루 중 햇볕을 쬘 수 있는 유일한 시간이고 면회는 일상의 권태로움을 깰 수 있어서 좋다. 그러니 평일이 아닌 날은 벽뿐 아니라 시간 속에 갇혀버린 기분이다. 세상과 단절되고 소외되어 있다는 사실을 강하게 인식한다.

다행히 함께 지내는 조선족 젊은이가 많은 역할을 한다. 그는 한국말이 서툴러 발음이 부정확하다. 자신은 뭔가를 열심히 설명하는데 전혀 엉뚱하게 들릴 때가 있다. 그게 재미있어서 우리는 부러 말을 시킨다. 그걸 알고 있는지 그가 한술 더 뜨는 바람에 한바탕 웃음이 번져나기도 한다.

또 눈치가 빠른 그는 무엇이든 솔선수범한다. 국적이 다르지만, 이곳 생활에 익숙해져 가고 있는 듯하다. 이곳에 들어온 사연을 이야기할 때면 흥분을 감추지 못한다. 억울함의 표현일 거다. 몇 명이 중국에서 출발해 제주에 도착했다고 한다. 그리고는 완도행 여객선 짐칸 냉동차 속에 숨어 있다 잡히고 말았단다. 그들이 붙잡히게 된 건, 일행 중 한 사람이 밀고를 했기 때문이다.

그는 배신자를 응징하겠다며 주먹을 불끈 쥐고 거친 말을 뱉어냈다. 한국에 오기 위해 중국 브로커에게 그로서는 많은 돈을 주었다고 한다. 비행기로 몇 시간 걸려 제주도에 도착했고 계획대로 서울에 가려던 중 체포되었다. 황당한 건 중국 브로커의 거짓말이었다. 한국에 가면 중국보다 훨씬 많은 임금을 받을 수 있다고 그들을 속인 것이다. 혹한 마음에 전 재산을 몽땅 털어 선택한 길이었다. 그런데 모든 것이 수포로 돌아가 갇힌 몸이 되었다.

다행히 그는 처음 이곳에 왔을 때에 비하면 많이 좋아졌다. 하지만 여전히 야윈 몸과 까만 얼굴은 안타까움을 자아내게 한다. 그의 이름은 조복실이다. 결혼도 하고 아내와 딸, 아들을 둔 가장이다. 그런데 이제는 돈으커녕 강제 추방만 기다리고 있다.

조금 전까지만 해도 TV에 열중하던 사람들이 잠자리에 들었다. 세 사람만 잠이 오지 않는지 뒤척이고 있다. TV에서 서울 구로구에 사는 조선족에 관한 내용이 방영되자 젊은이가 뚫어지게 처다본다. 붙잡히지 않았으면 자신도 가리봉동에 갔을 거라며 눈물을 흘린다. 그에게서 가장의 무게가 느껴진다. 서울 땅을 밟아보지도 못한 채 교도소에 갇힌 신세니 마음이 오죽하겠는가. 머지않아 강제추방 당해 중국으로 돌아가야 할 것이다. 아무것도 해줄 수 없는 우리는 침묵으로 그를 위로한다.

갑자기 교도관의 취침하라는 소리에 방 안 분위기가 서먹해지고 만다. 그의 억울한 사정을 듣다 취침 시간을 놓쳐버렸다. 담 밖에서라면 위로와 용기를 주고자 밤이라도 새웠을 테지만 이곳은 어림없다. 엄격한 규율이 적용되는 곳이라 타인에 대한 측은지심(惻隱之心)도 절제해야 한다. 갇힌 자들의 현실이다.

내가 있는 방은 모범적이고 지내기 편한 곳으로 소문나 있다. 다른 방의 수감자들이 부러워할 정도다. 모두 상대를 배려하는 덕분이다. 자신과 주변을 의식하며 처한 현실을 담담하게 받아들이는 모습에서 힘을 얻는다. 조선족 젊은이 역시 그러하길 바란다.

2010.9.5.

제2부

유리벽을
사이에 두고

08.
유리벽을 사이에 두고

유리벽 속에는 아들을 향한
어머니의 한숨이 산다
유리벽 속에는 회한에 우는
여인의 안타까움이 산다
유리벽 속에는 절절한 눈빛을 가진
형제의 그리움이 산다

유리벽 속에는
눈물과 웃음이 촘촘히 박혀있다
희망과 절망이 화석으로 굳어간다
사연과 눈물이 시간의 층을 이룬다
후회와 자책이 인생의 무늬를 만들어간다

벽을 향해 손을 뻗으면
그곳에는 사람의 체취만 가득하다

연일 이어지는 흐린 날씨 때문에 방 안이 눅눅하다. 천장에 매달린 선풍기가 덜컹거리며 쉴 새 없이 돌아간다. 좁은 방엔 습기와 사람들이 한데 뭉쳐있다. 며칠째 방 안이 눅눅한 탓에 모두 기분이 울적해 보인다. 이럴 때 청량한 가을바람이 불어준다면 얼마나 좋을까.

책 정리를 하고 있는데 2동 1층 담당부장이 "554번 접견!"이라 외친다. 2동 1층이란 미결수가 지내는 건물 중 하나다. 1동과 2동이 있고 각 동 1층은 하, 2층은 상으로 부른다. 그중 내가 갇혀 있는 방은 2동 1층 6번 방, 즉 2하 6방이라 한다. 나는 하던 행동을 멈추고 면회 준비를 서두른다. 면회실로 향할 때는 주변을 둘러보기도 하고 아는 사람과 눈인사도 나눈다. 한 젊은이가 깍듯이 인사를 한다. 2하 6방에서 지내다가 다른 방으로 옮겨간 젊은이다. 어려울 때 약간의 도움을 준 적이 있는데 그래서인지 그의 태도가 공손하다. 하지만 인사를 받아도 머쓱하다. 교도소라는 곳에서 느끼는 중압감 때문이다.

몸수색이 끝나고 몇 개의 문을 지나면 면회대기실이다. '오늘은 누가 왔을까.' 기대에 부푼 마음이 먼저 달려간다. 면회를 온 사람은 모두 다섯이다. 그중에 부산 형님이 보인다. 형님의 등장은 예상하지 못했던 터라 울컥, 울음이 스민다.

형님은 벌초 때문에 고향을 찾은 것 같다. 올해는 아들 대신 직접 왔다고 한다. 형님은 바다가 생활 터전이다. 60대 중반에 바다에서 보낸 세월이 숱한데도 바다가 좋다고 한다. 거친 바닷바람과 생을 같이 하는 형님의 얼굴에 주름이 깊다. 주름 고랑마다 노동의 시간이 쌓여있다. 성실하게 살아온 사람의 얼굴에서는 편안함이 묻어나는 걸까. 선한 눈으로 형님이 날 응시한다. 그 표정 속에 나누지 못한 형제의 정과 다하지 못한 말이 가득하다. 나도 형님을 바라본다. 힘내라는 말을 하고 싶은 듯 고개를 끄덕여준다.

우리 식구는 부모님을 비롯하여 7남 2녀다. 부모님과 형님 세 분은 돌아가셨다. 나머지 형제들은 평범한 삶을 살고 있다. 아쉬운 점이 있다면 태어난 고향에서 함께 지내지 못함이다. 한때 의리로 똘똘 뭉쳤던 형제는 각자 흩어져 산 지 오래되었다. 그러다 보니 명절이나 집안 대소사 때 피붙이가 그립다.

형님은 그 시절을 기억하고 계실까. 집안 형편이 어려워 공부 대신, 어린 나이에 배를 타기 시작했으니 일찍부터 사회인이 되었다. 고향 집도 형님의 땀방울이 묻어 있다. 열네 살 어린 나이에 집 지을 돌을 맨손으로 날랐을 만큼 어릴 적부터 노동으로 잔뼈가 굵었다. 형님은 유독 정이 많아 어려운 살림에도 나를 잘 챙겨주었다. 거칠어 보이지만 한없이 따뜻한 마음을 가진 형님이다.

어느덧 면회 시간이 끝나간다. 늘 그렇지만 아쉬움이 길게 남는다. 며칠 있으면 아버님 기일인데 그때 다 모일 수 있으면 좋겠다는 부질없는 생각을 한다. 자주 보지 못한 탓에 서먹한 면도 있다. 이런 기회에 하루만이라도 함께 지낼 수 있다면, 아마 그럴 날이 분명 오리라 믿는다. 면회실을 나가는 형님의 뒷모습을 바라보는데 허탈하다.

면회를 마치고 헤어질 때가 제일 힘들다. 홀로 남는 것도 많은 연습이 필요한가 보다. 이별이 이렇게 아픈 것인 줄 예전엔 몰랐다. 형님의 거친 손을 잡아보고 싶은데 유리벽은 한없이 냉정하다. 어려운 시절이었지만 한때 행복한 시간을 공유했던 사람들, 그들이 그립다.

절절한 마음을 노트에 담고 있으려니 하얀 여백 속으로 가족들 얼굴이 떠오른다. 오늘 밤은 꿈에서나마 고향집 흙냄새가 나를 반길 것 같다.

2010.9.6.

09.
참새와 비둘기

허공을 가로지르는 저들의 몸짓을 보라

근심도 욕심도 놓아버린 홀가분한 생이다

있으면 있는 대로 없으면 없는 대로

깃털만큼이나 가벼운 발걸음이

시간의 추를 잡고 있다

부리에 매달린 하루치의 거룩한 양식

풀밭의 우아한 식사는 정당한 노동의 대가

견고한 창살을 사이에 두고 벌어지는 의식

던지는 자의 생이 무거운가

받는 것들의 입이 무거운가

명아주 같은 까만 눈을 가진 조류의 속마음이

중세문자처럼 읽히는 약간의 혼돈사이로

조금은 가벼워지는 갇힌 자의 하루

내가 갇혀있는 방은 다섯 개의 문이 있다. 우리가 드나들 수 있는 문은 철문이고 굳게 닫혀 있다. 철문은 밖에서 교도관이 열어줘야 한다. 그리고 바로 옆에 창문이 있는데 창살이 설치되어 있다. 교도관이 복도에서 우리 동태를 살피는 문이다.

밖을 볼 수 있는 창문도 창살이 덧대어 있다. 바로 앞에 높은 벽이 가로막혀 있어 갑갑하지만 유일하게 밖을 볼 수 있기에 고마운 문이다. 창문과 높은 벽과의 거리는 대략 2m 정도 된다. 벽이 막아버려 햇빛이 전혀 들지 않는 음지지만, 잡초는 잘 자란다. 방 안에서 잡초가 자라는 과정을 보는 건 소소한 즐거움 가운데 하나다. 화장실로 통하는 문은 창살이 없다. 화장실 안에 손바닥만 한 창문이 있는데 그곳도 예외 없이 창살로 막아놓았다.

밖을 볼 수 있는 창문 근처에는 비둘기와 참새가 찾아온다. 언제부터인지 모르지만, 그들은 하루도 빠짐없이 이곳을 찾는다. 아마도 먹이에 끌려오는 게 아닐까 싶다. 찾아주는 동물이 있어 그래도 적적함이 덜하다. 참새의 재잘대는 소리는 나를 깨우는 알람이자 놀자는 신호다. 녀석들이 욜그랑살그랑 움직이는 걸 보는 재미도 쏠쏠하다. 신기하게도 이곳을 찾는 비둘기와 참새는 자신의 순서를 아는 것 같다. 누가 가르쳐 주지 않아도 그들은 차례를 지키며 먹이를 먹는다. 인간이나 새나 생존을 위한 처신은 본능적으로 체득하는 모양이다.

창문 앞에 맨 먼저 오는 건 새벽형 참새다. 콩콩 뛰며 작은 부리로 열심히 먹이를 쪼다가 잠깐 한눈을 판 사이 포로롱 날아가 버린다. 바로 뒤이어 비둘기 한 마리가 살며시 내려앉는다. 매번 혼자 오는 비둘기다. '나 홀로 비둘기'라 이름을 지어 주었다. 녀석은 땅콩을 주는 대로 콕콕 쪼아댄다. 쫓기듯 행동이 잽싸다. 계속 머무를 수 없다는 걸 알고 있는 것 같다. 땅콩을 던지는 내 손도 빨라진다.

화면이 바뀌는 건 순식간이다. '나 홀로 비둘기'가 후다닥 날아가 버리자 비둘기 두 마리가 화면 안으로 들어온다. 이들은 항상 붙어 다닌다. '비둘기처럼 다정한 사람들이라면 장미꽃 넝쿨 우거진 그런 집을 지어요.'란 노래가 있듯이 노랫말처럼 다정해 보이는 부부 비둘기다. 그들에 대한 시샘도 잠시, 나는 또 부지런히 땅콩을 던져준다. 그런데 내가 더 애정이 가는 쪽은 두 마리 비둘기보다 한 마리 비둘기다. 나의 깊은 외로움이 비둘기에게로 향하는지도 모르겠다.

그들을 보며 새들에게서도 배울 게 있다는 걸 깨닫는다. 먹이를 많이 주어도 적당히 절제하는 모습이며 상대를 배려해 시간 조절까지 하는 게 사람보다 낫다. 창문 근처에 오면 먹이가 있다는 것과 먹이 주는 사람들을 의식한다는 게 놀랍다.

비둘기는 나를 어떻게 인식할까. 그들에게만큼은 죄인이 아닌 먹이를 챙겨주는 좋은 사람이고 싶다. 담 밖에서라면 관심도 없었을 것이다. 그렇지만, 이곳에서는 아주 사소한 일도 흥미롭다. 그러다 보니 잡초도 신경 쓰인다. 잡초가 웃자라 비둘기들이 땅콩을 찾는 데 애를 먹어서다. 풀을 그때그때 뽑아줄 수 없는 처지에 무기력함을 느낀다. 내일은 땅콩을 좀 더 많이 준비해서 만남의 시간을 늘려볼까 한다. 잊지 않고 찾아주는 그들에게 줄 특별한 선물이다.

생동감 있는 생명과 시간을 보내선지 지루함이 덜하다. 주변에는 어둠이 내리고 교도소의 하루가 또 이렇게 저물고 있다.

2010.9.7.

10.
미결수와 기결수

2하 6번방에서 같이 지내던 막내 S 군의 형이 확정되어 기결수(旣決囚) 방으로 가는 날이다. 미리 알고는 있었지만, 막상 간다고 하니 섭섭하다. 누가 시키지 않아도 청소며 남의 빨래도 서슴없이 하던 젊은이다. 항상 조용하고 솔선수범형인 그가 떠난다니 모두 아쉬워한다.

이곳은 미결수(未決囚) 방이라 들고 남이 자주 있다. 구속된 상태에서 형이 확정되면 이 방을 떠난다. 한 달 만에도 나갈 수 있고, 대법원의 판결이 날 때까지 오랫동안 머물기도 한다. 방을 떠나는 사람 중에는 담 밖으로 나가는 사람과 기결수 방으로 가는 사람으로 구분된다. 이런 날은 마음이 착잡해질 수밖에 없다. 같이 지내는 동안 있는 정, 없는 정이 든 탓이다. 그 마음을 내려놓으려니 허전하다.

그는 부지런한 데다 나무랄 데 없는 젊은이다. 그러나 젊은이의 사정은 딱했다. 마음고생이 심해 보였다. 여기 들어오는

바람에 사랑하는 여자가 미혼모가 되어버렸다고 한다. 여자
는 한경면 청수리에 있는 미혼모 보호시설로 갔단다. 남자로
서 무책임한 행동이라고 나무라고 싶다가도 안타까움이 앞섰
다. 죄를 지었지만, 그도 한 인간이기에 연민이 생긴다. 자신을
자책하고 괴로워하는 모습에서 그의 고뇌를 읽을 수 있었다.

하루는 감방장한테만 알리고 그를 몰래 도와준 적이 있다.
그런데 그 사실을 감방장이 그에게 말했던 모양이다. S 군이
기결수 방으로 가기 전날 내게 슬며시 편지를 건넸다. 그리고
고마운 마음을 행동으로 보여주려고 노력했다. 별일 아니라
생각했는데 감동받은 것 같았다. 다시 도와주고 싶어 하자 젊
은이는 "지금까지 도와준 것으로도 갚을 길이 없습니다." 하
며 도움을 사양했다.

웬만한 사람이라면 오히려 귀가 솔깃했을 텐데 그러지 않아
서 더 의연해 보였다. 잠자다 깨어보면 그는 무언가 골똘한 생
각에 빠져 있곤 했다. 그 모습이 눈에 선하다. 한동안 그를 마
음속에서 보낼 수 없을 것 같다. 방안에 남은 흔적이 아쉬움
을 더 크게 한다. 담 안이라 마음 놓고 도와줄 수 없는 게 안
타깝다.

고향이 마산이라 제주에서 생활하기 쉽지 않을 수도 있다.

그러나 워낙 부지런해서 잘 적응하리라 믿는다. 열심히 지내
다 보면 분명 좋은 날도 있지 않겠는가. 겸손과 배려의 자세
로 형기 마치는 날까지 무탈하기를 기원해 본다. 이제는 다른
사람이 그의 자리를 대신해서 아쉽다. 그는 우리에게 그리움
과 아쉬움의 여백으로 남았다.

"무엇이든 가득 채우려 하지 마라. 우리는 너무 많은 것을
보고 듣고, 불필요한 말을 쏟아내고 있다. 이것은 영혼의 공
해와 같다. 얻었다고 좋은 것도 없고, 잃었다고 기죽을 것도
없다. 괴롭고 힘든 일도 나름의 의미가 있다. 다 한때다." 어느
스님의 말이 오늘도 나를 다독인다.

가득 채우려는 책임감이 있을지언정 비우려는 마음이 나에
게는 없었다. 무엇을 채우려 아등바등 살았던가. 이제는 무엇
을 비워내야 할까. 아마도 이곳에서 그 물음에 대한 대답을
찾을 수 있을 것 같다. 나를 묶고 있던 욕심과 아집을 비워내
고 가벼워지는 것, 그것이 이곳에서 수행해야 할 일이다. 그러
나 막상 어디서 시작해야 할지 감이 잡히질 않는다. 채우는
것보다 비우기가 훨씬 어렵다. 이 또한 풀어야 할 숙제다.

2010.9.8.

11.
젊은이가 건네준 편지

한 남자가 고개를 떨군다
상심한 남자의 등 뒤로 구겨진 청춘이 나뒹군다
채 여물지 못한 손으로 놓았을 여인의 손을 생각한다
별리의 아픔보다 책임감에 울었을 청년의 어깨가 떨린다
푸른 근육은 견고한 벽에 허물어지고 눈빛은 침묵으로 깊다
청춘이 빛을 잃어가는 시간에도 삶은 계속되고
희망과 절망도 교차한다
어떤 시간은 가슴에 새기고
어떤 시간은 강물에 버려야하는 게 인생이라면
지금의 시간은 젊은 그들에게
건너야할 인생의 다리를 만드는 일이라고
단호하게, 그러나 조용히 말해주고 싶다

사회생활도 그렇지만 교도소에서도 사람과의 인연을 무시할 수 없다. 꼭 기억하고 싶은 사람도 있고 그렇지 않은 경우도 있다. 잠깐 스쳐 지나갔는데 크게 다가오는가 하면, 깊은 인연이라 여겼는데 아닌 경우도 있다. 삶에 있어 울림이란 무엇일까. 누군가로 인해 마음에 미묘한 작용이 일어날 때 우리는 그 사람이 예사 인연이 아님을 알게 된다.

2하 6번방에서 지낼 때 특별하게 다가온 사람이 있었다. S라는 26살의 젊은이다. 우연한 기회에 그를 도와준 적이 있다. 그리고 그 일을 까맣게 잊어버렸다. 원래 사람이란 도움을 준 일보다 도움 받은 일을 더 기억하게 마련이다. 뭔가 절실했을 때 누군가의 도움이 삶의 방향을 바꿔놓을 수도 있기 때문이다. 나 또한 할 수 있는 일이었기에 선뜻 도울 수 있었고 그걸 대수롭잖게 생각했다. 그런데 그는 그 일을 잊지 않고 있었던지 기결수 방으로 전방 가던 전날 밤, 편지를 내밀었다.

편지 속에는 그의 순수한 마음과 외로움이 들어 있었다. 한 자 한 자 써 내려간 글씨를 찬찬히 읽었다. 그는 어떻게 자신의 마음을 표현할 것인지 생각하고 있었다는 게 보였다. 가식적이지 않은 순수한 젊은이의 마음은 내게 울림을 주었다.

그는 여자 친구 때문에 힘들어 보였다. 여자 친구가 임신한 상태로 애서원이란 곳에서 요양 중이라 한다. 여자 친구에 관한 책임을 다하지 못하고 있어서인지 죄책감에 시달리고 있었다. 그의 사연을 더 자세히 들어보진 못했지만, 적어도 내게 진심을 보여준 사람이었다. 그의 편지 내용을 이곳에 소개한다.

– 언제 방을 옮기게 될지 몰라 어떻게 이 감사한 마음 전해야 할지 생각하다 이렇게 편지로나마 감사한 마음을 전하려 합니다. 서로 한번 보지도 만나본 적도 없는 그런 사이였지만 이렇게 한방에 있다는 걸로 인해 너무나 많은 도움을 주신 것에 대해 감사할 따름입니다. 어느 한 곳 의지할 곳 없어 내심 작아지기만 했었는데 이렇게 관심을 가져주셔서 너무나 많은 도움을 받게 되었습니다. 훗날 다른 곳에서라도 다시 뵐 수 있는 그런 기회가 생긴다면 꼭 잊지 않고 인사드리겠습니다. 그리고 건강 잘 챙기시어 하루빨리 이곳에서 나가실 수 있기를 기원합니다. –

고마워할 줄 안다는 건 딱한 사람의 처지도 헤아릴 줄 아는 배려가 있다는 증거다. 그런 마음은 긍정의 에너지를 불러온다. 사실, 교도소에서 남을 돕는다는 건 쉽지 않다. 이곳에 갇힌 사람들은 모든 걸 고파하기에 누가 누굴 돕고 말고 할 처지가 아니다. 고픈 사람들끼리 모여 있으니 물질적으로든 정신적으로든 선뜻 나서지 못한다. 오히려 물건에 강한 애착을 보이는가 하면, 먹는 것에 이기적인 본능을 앞세운다.

그런 환경 속에서 받은 편지라 더 깊은 의미로 다가온다. 그의 편지가 오히려 날 부끄럽게 만든다. 더 도와주지 못한 것과 충분히 이야기를 나누지 못한 게 아쉽다. 청춘의 시기에 교도소라는 곳은 그에게 충격으로 다가왔을 터이다. 어쩌면 자포자기의 심정으로 삶을 낭비할 수도 있기에 우뚝 일어설 수 있기를 바란다.

청년은 살길이 구만리다. 찬란한 미래를 꿈꿀 수 있고 희망을 노래할 수 있다. 끓는 피와 자신감이 가득한 청춘을 무기 삼아 나보다 더 나은 삶을 살았으면 한다. 그리고 분명히 그리되리라 믿는다. 그와 같이 새로운 삶을 꿈꾸는 사람들을 나는 응원한다.

2010.9.9.

12.
아침 점검 준비

새털구름이 활짝 날개를 펼치고 있는 이른 가을 아침이다. 모두 늦게 일어나는 바람에 방안이 소란스럽다. 항상 일찍 일어나 우리를 깨우던 감방장까지 늦잠이다. 오늘 아침에는 묘한 기운이 방안을 점령했나 보다. 가끔 그런 아침이 있다. 사람들을 잠에 취하게 하는 부드러운 느낌, 그게 분위긴지 날씨 때문인지는 모르겠다.

평소에는 팽팽한 긴장감으로 누가 깨우지 않아도 이른 시간에 눈을 뜬다. 오늘은 아무리 노력해도 잠에서 벗어나기가 힘들다. 달콤한 잠이었다. 새벽에는 너무 나른하여 수렁으로 푹 꺼지는 느낌이었다. 오늘은 신기하게도 모두 그런 기분에 취한 것 같다.

아침 인원 점검 준비하느라 방 안 사람들이 분주하게 움직인다. 그 모습에 웃음이 터진다. 방 식구 전체가 늦잠을 잔 건 처음이다. 허둥대는 모습이 한 편의 희극 무대 같다. 물론 나도 서둘러야 하기에 구경만 하고 있을 수 없다. 항상 새벽에 이루어지는 참새와 비둘기와의 만남이 좀 늦어질 것 같다. 새들을 빨리 보지 못해서 아쉽지만 할 수 없다.

아침 인원 점검을 무사히 마쳤다. 급히 서두르다 보니 미비한 점도 있었지만, 지적당하지 않아 다행이다. 누구든 지적당하는 걸 좋아할 사람은 없다. 아무리 완벽하게 준비해도 꼬투리가 잡힐 수 있는 법이고, 특히 내 실수로 지적당하면 그것만큼 속상한 일도 없다.

새를 만나기 위해 창가에 선다. 날이 밝는 속도가 다른 날과 다르게 빠르다. 밝은 하늘 아래 장승처럼 버티고 서 있는 굴뚝이며 그림자를 드리운 나무가 아름답다. 갇혀 있으므로 마음의 눈이 더 밝아진 것일까. 조그마한 것도 그냥 지나치지 못하고 유심히 보게 된다. 비둘기와 참새에게 땅콩을 주는 것도 마찬가지다.

하늘빛이 유난히 고운 날이다. 인심 좋은 아침은 물탱크를 요리조리 살펴 가며 베이지색 옷을 입히고 있다. 물탱크가 그림처럼 보이는 건 세상 모든 것들이 그만큼 소중해졌다는 의미일 거다. 마음이 두둥실 구름처럼 떠오르는 이런 날은 분명 좋은 일이 생길 것 같다.

먹이를 찾던 비둘기가 갑자기 날아간다. 멀리서 이곳을 바라보며 서성대는 까치 때문일까. '나 홀로 비둘기'라 정이 가건만 겁이 많아 붙임성이 없다. 담 밖에서는 까치를 쉽게 볼 수 있지만, 이곳에서는 까치 보기가 어렵다. 비둘기와 참새, 제비 그리고 고양이 정도가 눈에 띈다. 특히 고양이는 무법자처럼 거칠 것 없이 돌아다닌다.

간히기 전에는 새벽의 소중함을 모른 채 지냈다. 그러나 이제는 실낱같은 빛만 봐도 기분이 좋다. 사람들은 새벽빛을 매우 소중히 생각한다. 어슴푸레하게 어둠을 뚫고 들어오는 한 줄기 빛에서 희망을 보기 때문이다. 어쩌다 이곳 사람들을 유심히 살필 때가 있다. 순수하고 단순한 모습에서 그들의 죄를 가늠하기가 어려워서다. 때로는 동생 같고 동료 같고 이웃집 아저씨 같은 사람들이다. 죄는 미워해도 사람은 미워하지 말라고 했는데 그 말을 실감한다.

오늘같이 하늘도 사람도, 주위 풍경도 선한 날은 내 마음도 선해진다. 푸른 물이 뚝뚝 듣는 가을 하늘이 생기롭다. 외롭고 힘들지만, 모두 잘 지낼 수 있기를 바란다. 자연의 영향을 받았는지 사람까지 좋아지는 날이다.

2010.9.10.

13.
흔들리고 난 뒤에

요즘은 법정 스님의 책 『무소유』와 『일기일회』를 읽고 있다. 삶의 지침이 담겨 있어 많은 도움이 된다. 이 책을 통해 법정 스님의 가르침을 생각하며 움츠러드는 마음을 토닥거려본다. 담 밖에서였다면 책과의 만남을 그리 중히 여기지 않았을 터인데 갇혀 있기에 얻어지는 자그마한 기쁨이다.

"나는 누구인가? 스스로 물으라. 자신의 속 얼굴이 드러나 보일 때까지 묻고, 묻고, 또 물어야 한다. 건성으로 묻지 말고, 목소리 속의 목소리로 귓속의 귀에 대고 간절하게 물어야 한다. 해답은 그 물음 속에 있다." 법정 스님의 말씀이다. 이 물음에 나를 찾아 떠나는 여정을 이곳에서 시도해본다.

기쁨과 즐거움은 스스로 찾아야만 내 것이 된다. 하지만 특정한 곳에서 저절로 얻어지는 것도 있다. 금연이다. 사실 선거 관련 일을 하다 보면 골치 아픈 일이 많다. 스트레스에 쉽게 노출된다. 그럴 때마다 담배를 찾았다. 결국 습관이 되었다. 그게 바로 중독 증상이다.

담배가 몸에 해롭다는 걸 알면서도 끊지 못했다. 해롭지 않다고 억지를 부리면서까지 가까이하던 기호식품이다. 그 담배를 더 이상 찾지 않게 되었다. 누구도 "피지 마라" 강요하지 않았다. 그런데도 자연스럽게 끊을 수 있었다. 신기하게도 담배가 그립거나 피우고 싶은 마음이 생기지 않는다. 자유로운 몸이 되었을 때도 담배를 멀리할 수 있을지는 알 수 없다. 그렇지만 지금의 시간이 반면교사가 되어줄 것임은 확실하다.

또 하나 밤새도록 마시던 술도 전혀 생각나지 않는다. 여기서 구할 수도 없지만, 내키지 않는다. 이것 역시 내가 얻은 선물이다. 이 외에도 많은 것을 얻고 있다. "무소유란 아무것도 없다는 게 아니라, 불필요한 것을 갖지 않는다는 뜻이다. 우리가 선택한 맑은 가난은 부유함보다 훨씬 값지고 고귀한 것이다." 나는 이곳에서 불필요한 습관과 생각을 하나둘 버리고 있다. 버리면 버릴수록 마음과 몸이 홀가분하다. 편안하고 자유롭다.

내키는 대로 행동했던 일들이 떠올라 나를 돌아보게 한다. 그때 왜 그랬는지 자성의 시간을 가진다. 마음속 욕심 주머니를 조금씩 비워낸다. 가벼워지면서 오히려 채워진 삶의 여백이 마음을 풍요롭게 한다.

물질이 아닌 정신이 풍족한 삶을 아직 겪어보지 못했기에 알 수 없었던 그 깊이를 이제야 실감한다. 비우고 나서야 비로소 보이는 것, 흔들리고 나서야 보이는 세상이 나를 일으켜 세운다. 분노하고 고통에 몸부림쳤던 시간을 차분한 마음으로 대하게 된다. 책의 힘이 이렇게 크다. 생각을 바꾸고 말을 바꾸고 삶을 변화시킨다. 욕심을 조금씩 덜어내고 나니 내 안에 맑은 종이 울린다. 이 울림은 세상과 어떻게 화합할 수 있을지를 고민하게 한다.

담 밖은 무질서하고 이기적이며 행동이 앞서는 세상이지만, 모두 담 밖 세상을 열망한다. 인간 본성이 그렇기 때문이다. 그런 본성을 잠재우고 다독일 수 있는 시간 앞에 비로소 진정한 자유를 얻은 기분이다. 담 밖에서보다 더 알차게 시간을 보내야 할 이유다.

뜬눈으로 새우는 밤이 아니라 깨달음으로 보내는 밤이 늘어간다. 깨달음 뒤엔 하루를 글로 옮기는 노트가 자리하고 있다. 손때로 빛바랜 노트를 보면 뿌듯하다. 이렇게 치열하게 사는 내가 새로운 나를 만든다는 걸 믿는다. 글을 쓸 때면 살아있다는 느낌이 생생하다. 책을 읽고, 일기를 쓰고 이런 과정이 나를 살게 한다. 읽고 쓰기는 계속된다. 펜을 잡고 노트를 마주하는 시간, 나는 지금 글쓰기와 열애 중이다.

2010.9.11.

14.
머리와 머리를 맞대고

밤이 잠들지 못하는 건

생명을 품고 있어서다

밤의 중심에는 뒤척이는 영혼이 있다

어둠 속, 가장 순결한 밤의 속살을 본다

허울과 거짓을 벗어버린 육체는

뼈가 느슨해져 타인에게 기운다

경계가 없는 몸과 몸의 거리는 0mm

적의도 반감도 허물어진 절대의 순간

머리가 맞닿고 팔이 맞닿고

다리가 포개지고 배와 등이 마주한다

누구든 밤의 중심에서는 죄가 아닌

인간의 본질을 본다

잠속에서만 고개를 내미는,

나약하지만 선한 사람이 거기 있다

화장실에 가기 위해 눈을 떠보니 아직 어둑한 새벽이다. 방 안 식구들이 깰까 봐 천천히 발걸음을 옮긴다. 방에 붙어있는 화장실이건만 밤에는 아주 멀게 느껴진다. 사람들 사이를 요리조리 피해 지나가려니 쉽지 않아서다. 좁은 방에 열 명의 장정이 누우면 빈 곳이 없을 만큼 꽉 찬다. 그래서 공간을 최대한 활용하기 위해 머리를 한 방향으로 두지 않는다. 여섯은 가로로 눕고 넷은 세로로 머리를 맞댄 채 눕는다. 그 사이를 지나갈 때면 누군가를 밟을까 봐 조심스럽다.

화장실을 가다 말고 나는 방 가운데 우뚝 멈춰 섰다. 그들의 자는 모습이 예사로 보이지 않았기 때문이다. 담요를 돌돌 말거나 푹 뒤집어쓰고 있는가 하면 다리 사이에 끼우고 자는 사람도 있다. 옆으로 눕고, 큰대자로 쫙 뻗고, 새우처럼 웅크리고, 만세를 부르는 등, 자는 모습이 모두 다르다. 세상에 같은 사람이 하나도 없다는 건 자는 것만 봐도 알 수 있다. 죄인이라고 세상에서 격리된 이들이 지금 깊은 잠에 빠져 있다.

자는 순간만큼 솔직할 때가 있을까. 잠이란 행위는 나를 꾸미거나 속일 수 없다. 사람이 잠들어 있을 때가 어쩌면 플라톤(Plato)이 말한 이데아(idea)의 영역에 속할지도 모른다. 자신도 알지 못하는 근본적인 자신이, 무의식 속에서 그대로 드러나기 때문이다. 삶의 겉치레를 벗어버린 모습을 누가 미워할 수 있으랴. 죄를 지었다고 자는 모습까지 단죄할 수는 없을 것이다.

우리는 무슨 인연으로 이렇게 한 방에서 살을 맞대고 잠을 자는 걸까. 같은 공기를 마시고, 같은 시간을 공유하고 같은 밤과 낮을 보내는 걸까. 그들도 누군가의 자식이고 아버지며 남편이자 친구, 동료였을 것이다. 이곳에 오기 전에는 가족과 함께 둘이나 셋이 모여 아늑한 방에서 폭신한 이불을 덮고 잤을 터, 그런 그들이 지금 이렇게 칙칙한 담요로 몸을 감싸고 있다. 그리고 타인의 다리에 다리를 걸치고, 배에 손을 올리고, 타인을 부둥켜안고 있다.

소변이 마려운 것도 잊은 채 나는 방안에 우두커니 서서 그들을 바라보며 인간과 죄, 그리고 나에 대해 생각한다. 자연에 밤과 낮이 있듯 인간 삶에도 희, 비극이 있다. 지금 이 상황은 내게 어느 쪽일까. 이들에게는 또 어떤가. 어쩌면 지금 나는 비극과 희극의 경계에 서 있는지도 모르겠다. 내 앞에 있는 이들의 모습은 간수(看守)의 눈으로 보면 비극일 수 있고, 사람이라는 인간 본연의 모습으로 보면 희극에 가깝다. 다른 사람은 이런 상황을 맞닥뜨리면 무슨 생각을 하게 될까.

365일,
교도소를 읽다

나와 같은 상념에 잠길 거라 지레짐작한다.

화장실에 다녀와서 다시 잠을 청하려니 한기가 느껴진다. 웅크린 채 자는 옆 사람에게 담요를 덮어준다. 나도 담요로 몸을 감싼다. 아직 추위가 찾아오기는 이른 시긴데 한라산 근처라 그런가. 아니면 마음이 추워서인가. 한기가 쉽게 가시지 않는다.

이곳에서는 몸이 아프면 외로움을 더 느끼게 되는 것 같다. 기본 의식주가 열악할 때는 조심하는 게 최고라는 걸 배워간다. 갑자기 바뀐 생활환경 탓에 건강이 많이 나빠졌기에 더 신경이 쓰인다. 다른 사람들은 이곳 생활에 적응되었는지 스스로 잘 추스르고 있다. 특히 조선족 젊은이는 장난도 제법 걸어오고, 식욕도 좋아진 것 같아 다행이다. 그의 재판이 9월 29일이라고 한다. 잘 되기만을 바랄 뿐이다.

이곳에 갇혀 지내는 사람들은 재판 날이 가까워질수록 불안이 커진다. 나 역시 재판날짜가 잡혔다는 연락만 받아도 가슴이 뛰곤 했다. 펄떡이는 심장 소리가 남에게 들리지 않을까 걱정될 정도였다. 서로 편안하게 농담도 하고 휴식을 즐기고 있지만, 그들의 눈빛은 담 밖을 향하고 있다. 어쩌면 같이 잠 자고 밥 먹고 하는 사이 연민의 정이 들어버렸는지도 모르겠다. 완벽한 타인이지만 자는 동안 다리를 맞대고 체온을 의지하듯이 지금은 서로에게 힘이 되어주는 게 필요하다. 이곳에도 사람의 온기는 있다.

2010.9.12.

제3부

새벽이
열리는 소리

15.
운명의 교차로

내가 갇혀있는 곳은 경제사범 방이라 분위기가 안정적인 편에 속한다. 다른 방에 비해 잡음이 적어 조용하다. 미결수 방이라는 점도 조용한 분위기와 관련 있다. 감방이란 들고나는 곳이라 나가는 사람이 있는가 하면 들어오는 이도 있다. 그럴 때마다 희비가 교차한다. 누군가 방을 나가면 그 사람을 주시한다. 방향에 따라 운명이 갈라지기 때문이다. 앞으로 나가면 담 밖, 즉 출소를 뜻하고 뒤로 가게 되면 형기가 확정되어 기결수 방으로 가는 것이다.

재판 결과는 한 사람의 삶에 커다란 영향을 미친다. 담 밖으로 나가는 사람은 어두운 기억을 훌훌 털어버리고 발걸음 가볍게 철문 문턱을 뛰어넘겠지만, 뒤로 가는 사람은 초라하기 그지없다. 한 손엔 식기를, 또 한 손엔 소지품 보따리를 들고 기결수 방으로 옮겨간다. 그리고 형기 마칠 때까지 지내야 한다. 운명이 교차로에서 엇갈리듯, 만남과 이별이 반복되며 사람과 사람이 스쳐 지나간다. 행복과 불행, 자유와 구속이 교차하는 공간이다.

정들었던 사람과 헤어지기도 하고 새로운 사람을 맞기도 한다. 마치 버스 정류장과 같다. 많은 사람이 긴장된 마음으로 버스를 기다린다. 어디로 갈지 몰라 일일이 확인하는 사람이 있는 반면에 어차피 늦게 올 거라 체념하고 느긋하게 기다리는 이도 있다. 사람들이 들고 나지만 가버린 사람을 그리워하지 않는 것도 이곳의 특징이다. 그저 자신의 버스를 묵묵히 기다린다.

처음 우리 방으로 오는 사람은 대부분 초범이고 경제범이다. 그들은 교도소에 대한 두려움으로 얼굴이 굳어 있다. 긴장한 채 꿔다놓은 보릿자루처럼 섞이지도 못한다. 현실을 받아들여야 하는 상황에서 혼란을 느끼는 표정이 역력하다. 다행히 이곳 사람들은 초범에 관대한 편이다. 너그럽게 대하고 배려도 해준다. 나 역시도 그들의 마음을 알기에 편하게 지낼 수 있도록 도와주려 노력한다.

복잡한 삶의 고리에 얽혀 단 한 번의 실수로 이곳에 들어오는 사람도 많다. 누구든 교도소에 들어오는 순간, 세상 사람들에게 경계의 대상이 된다. 사람들은 인간 본연의 모습보다 지은 죄에 현미경을 들이댄다. 죄를 짓기까지의 과정이 어떠했는지 보다 결과만으로 판단한다. 세상살이란 동전의 양면처럼 또 다른 이면이 존재하지만 가려진 이면의 진실은 외면받기 일쑤다. 그저 죄인일 뿐이다.

사회에서도 만남과 이별이 이루어지지만 여기서도 봉별(逢別)의 시간을 맞이한다. 사람마다 얼굴과 체격이 다르듯 살아온 과정도 판이하다. 삶의 환경은 물론 살아가는 방식도 다르고 따라서 겪어온 인생길도 같을 수 없다. 그러나 한 가지 공통점은 쉬운 삶보다 어렵게 살아온 삶이 많다. 주관적인 입장에서는 자신의 삶이 가장 파란만장하게 느껴지기도 한다.

각자 체험을 나누다 보면 무엇이 잘못되었는지를 깨닫게 되는 곳도 여기다. 서로에게 거울이 되어주는 셈이다. 뜻하지 않게 교훈을 얻기도 한다. 떠나는 사람은 다시 만나지 말자는 덕담을 남긴다. 들어오는 사람은 엉켜버린 실타래를 손에 쥔 채 그걸 풀어야 할 숙제를 안고 있다. 이렇게 갈 사람은 가고 올 사람은 온다. 같은 순간이 어떤 사람에게는 영원하고 어떤 사람에게는 찰나다. 그 순간을 나는 노트에 적는다.

2010.9.13.

16.
새벽이 열리는 소리

어슴푸레한 새벽은

밤이 흘리고 간 어둠인가

아침이 보낸 빛의 전령인가

빛과 어둠이 손을 맞잡은 순간

새벽은 세상의 가장 낮은 곳으로부터 시작된다

어느 어머니의 자식을 향한 비손에 머물고

절간 공양주 보살의 입김에 내렸다가

밤을 지킨 총기어린 군인의 어깨를 지나

도로를 밝히는 운전기사의 옷깃 속으로

촘촘히 스미는 새벽

절망이 희망으로, 두려움이 용기로

미움이 사랑으로 변하는 건

새벽에는 경계가 없기 때문이다

귀천이 존재하는 세상의 한 귀퉁이에

공존과 상생을 잉태하는

신성한 새벽이 있다

꿈은 현실이 아닌 무의식의 영역이기에 꿈에서만큼은 무한한 경험이 가능하다. 육체가 묶여 있더라도 자유롭게 움직일 수 있고, 갇혀 있지 않음에도 옴짝달싹 못 하는 기분을 느끼기도 한다. 행복한 시간을 갖기도 하고 불행한 사건에 휘말리기도 하며, 과거로 돌아가거나 미래로 앞서 가보는 것도 가능하다. 프로이트는 꿈을 통해 무의식적 소망이 표출된다고 했다.

때로 꿈의 내용은 황당하고 비논리적이기도 한데 꿈은 연결된 스토리가 아니기 때문이다. 장면 장면으로 조각난 하나의 이미지에 불과하다. 파편적이고 비논리적이고 맥락이 구분되지 않게 뒤섞여 있는 꿈은 또한 무의식을 은폐하기 위한 도구로 작용된다고 한다. 어쨌든 꿈은 환경과 개인의 문제, 고민 등과 밀접한 관계가 있는 건 분명해 보인다.

오늘 새벽 나도 꿈을 꾸다 잠에서 깼다. 눈을 뜨긴 했으나 뭔가 몽롱한 기분이었다. 환상과 현실의 경계에서 잠시 어리둥절해 있던 거로 보아 뭔가 재미있는 상황이 펼쳐졌던 것 같다. 여러 곳을 돌아다녔는데 그곳이 어딘지는 정확히 기억나지 않는다. 다양한 풍경을 봤고 다양한 사람들을 만났으며 다양한 음식을 먹었다. 그게 무엇을 의미하는 걸까. 눈을 뜨고 곰곰 생각해보니 억압된 자유에 대한 갈망이 꿈에서 나타난 건 아닐까 싶다. 어쨌든 간접적으로나마 세상 구경을 했으니 기분은 좋다.

시간을 보려고 주변을 두리번거리는데 감방장이 기도문을 읽고 있다. 그는 항상 우리보다 먼저 일어나 성경 공부를 한다. 그 순간만큼은 누구보다도 경건해 보인다.

희미한 빛이 들어오는 창살에 달이 걸터앉아 있다. 밤새 달은 호수에 들어가 목욕이라도 한 걸까. 푸르스름한 달빛이 신비롭다. 밤중과 새벽이 분간되지 않는 경계의 시간이다. 잠은 깼지만, 아직 정신은 몽롱하다. 온전히 잠을 떨쳐버리지 못한 채 화장실로 향한다. 볼일을 마치고 잠을 청하려다 좀 전에 본 달빛에 이끌려 발걸음은 어느새 창가에 선다.

어둠을 밀어내는 새벽 기운이 청량하다. 주방에서는 음식 만드는 소리가 들려오고 가을의 시인인 귀뚜라미 울음소리도 또랑또랑 한올지다. 새벽에만 들을 수 있고 느낄 수 있어서 한층 분위기가 살아난다. 새벽은 일찍 깨어난 사람들에게 자신의 모습을 살짝 보여준다. 더 환해지기 전의 깊은 고요, 들리지 않지만 들리는, 깨어있는 것들의 움직임이 느껴진다. 보이지 않지만 보이는 존재들의 본질을 품고 있는 새벽은 그래서 신비롭다.

2하 6방 식구들이 슬슬 움직이기 시작한다. 조선족 젊은이가 화장실을 갔다 와서 다시 눕는다. 하지만 뒤척이는 게 눈만 감고 있는 듯하다. 옆에 있던 K는 일어나자마자 곧장 화장실로 가더니 한참을 앉아 있다. 이 모든 것이 새벽, 2하 6방이라는 공간에서 일어나는 일들이다. 육체가 정지에서 움직임으로 바뀌는 시간인 만큼 슬로모션처럼 느릿느릿하다. 그 모든 행동에 새로운 하루를 맞이하는 의식이 깃들어있다. 곧이어 태양도 이들 틈에 끼어 하루라는 동그라미를 완성해 갈 것이다.

  다른 사람들은 아직 자고 있다. 그들이 깨지 않도록 조용히 몸을 일으켜 벽에 기대본다. 싸늘하면서도 시원한 벽의 냉기가 웅크린 척추를 펴게 한다. 새벽녘 벽에 기대어 일과를 생각한다. 이 순간이 가장 맑은 시간이다. 지난 일을 떠올리고 책을 보며 흔적을 남기는 일에 대해 곰곰이 생각할 수 있어서 좋다. 밤의 긴 터널 속에서 여과된 어제의 역사가 생각의 노트에 가지런히 정돈되는 시간이다.

  어느새 방안의 움직임이 활발해진다. 햇살의 굵기가 굵어지는 걸 보니 아침이 밝아오고 있나 보다. 풀지 못한 비밀을 움켜쥔 새벽이 물러가면 교도소 굴뚝과 물탱크가 제일 먼저 아침을 맞을 것이다. 또 이렇게 하루가 시작되었다.

  2010.9.14.

365일,
교도소를 읽다

17.
빨랫줄과 바지랑대

빽빽한 햇살 숲에

남루한 껍데기를 펼쳐놓는다

영혼의 허기와 고독을 비틀어 짜낸 다음

궁색을 탈탈 털어 빨랫줄에 넌다

가을볕 머금은 바람에

켜켜이 쌓인 마음의 때가 씻겨나간다

온몸에 숨구멍이 트이자

숨어있던 색이 살아난다

하늘 한 자락까지 끌어당긴 빨래는

생기가 넘치는지

흔들흔들 어깨춤이 요란하다

오늘은 담요를 햇볕에 말리는 날이다. 덮고 잤던 요를 건조대에 순서대로 올려놓는다. 늦가을 짱짱한 햇볕이 요긴하게 쓰인다. 먼지 냄새를 풍기며 늘어서 있는 생존의 민낯들, 여기서만 볼 수 있는 풍경이다. 간혹 불어오는 바람에 담요가 깃발처럼 펄럭인다. 알록달록한 이불이었다면 아마 장관이었으리라. 비록 군용담요지만 우리에겐 꼭 필요한 물건이다. 담요가 바싹바싹 말라가는 걸 보니 물기 축축한 마음도 가을볕에 고들고들 말리고 싶다.

　가을 날씨답게 맑고 쾌청하다. 빨래도 담요도 나무들도 맑은 햇살을 저장하느라 분주하다. 날씨는 우리에게 상당한 영향을 미친다. 모두 기분이 좋은지 얼굴이 폈다. 갇혀 지내는 갑갑함을 날씨가 풀어줘서 다행이다.

　아침에 널어둔 담요는 오후 네 시가 되면 먼지를 털어내고 방으로 들인다. 먼지를 털 때는 마스크를 쓴다. 먼지가 많아 마스크는 필수다. 마스크가 없는 사람은 수건으로 코와 입을 가린다. 그런 것에 개의치 않고 먼지를 터는 사람도 있다. 그렇게 먼지를 마시고도 기침 한번 안 하는 걸 보면 면역력이란 것도 사람에겐 필요한 모양이다.

　말끔히 정리된 담요를 보면 예전 군 생활할 때 보급품 함을 정리하던 생각이 난다. 햇빛을 맘껏 들이마신 덕분일까. 왠지 담요 부피가 늘어나 보인다. 내 마음도 덩달아 부풀어 오른 다. 담 밖에서였다면 이렇게 사소한 일을 가지고 호들갑 떨지 는 않을 것이다. 하지만 이곳에서는 모든 것이 새롭고 의미 있 다. 뽀송뽀송한 담요를 덮을 수 있다는 생각만으로도 기분이 좋아진다.

바람에 펄럭대는 빨래를 보면 고향 집이 그립다. 초가집 마 당을 가로질러 걸린 기다란 빨랫줄에서는 사람 냄새가 나곤 했다. 하늘과 땅을 잇는 바지랑대는 빨랫줄만 지탱하는 게 아 니고 집을 집답게 해주는 하나의 풍경이다. 확 트인 집안에 쏟아져 들어오는 햇빛을 가득 받고 빨래가 말라가는 모습은 평화로움 그 자체였다.

마당을 오가며 빨래를 너는 아내의 모습이 스쳐 간다. 이쪽 을 향해 손짓하는 아내가 웃고 있다. 지금쯤 고향 집에도 잘 마른 옷이 바람에 펄럭이고 있을 것이다. 자유의 몸이 되면 빨래쯤은 척척 해내는 남편이 되리라 생각한다. 담요 끝자락 을 만지작거린다. 까슬까슬한 요에서 가을 냄새가 물씬하다.

머지않아 날씨가 추워지면 담요도 겨울용으로 바뀌게 된 다. 옷도 지금은 춘추복이지만 며칠 후면 동복으로 갈아입을 것이다. 어떤 이는 한라산 근처라서 몹시 춥다 하고, 어떤 이는 여름에도 덥지 않듯이 겨울에도 춥지 않다고 한다. 누구의 말이 맞는지는 겪어봐야 알 것 같다.

이곳에서 대하는 일들은 모두 처음이다. 뭐든지 처음은 낯설고 두렵다. 사람들의 조언이 큰 도움이 되지만, 결국은 혼자 부딪히며 알아가야 한다. 때로는 좌절도 하겠지만 그렇다고 해서 달라질 건 없다. 계절에 대한 생각도 마찬가지다. 추운 겨울을 어찌 견뎌내야 할지는 맞닥뜨려봐야 알 수 있다. 그 겨울이 서서히 오고 있다.

2010.9.15.

18.
시간, 비켜가다

　운명적이라는 건, 사람 사이에서 간혹 어떤 필연성을 합리화한다. 오늘은 운명적으로 얽힌 사람을 만났다. 무엇이 옳고 그른지 판단할 수 없는 상황에서 듣고 싶은 이야기만 하고, 하고 싶은 말만 했다. 이렇게라도 D를 볼 수 있어 다행이다.

　나는 D를 잘 모른다. 그 당시 후보자의 동생이라고만 알고 있다. 두 번째 만나는 날에 사고가 터져 그를 좀 더 알 시간이 주어지지 않았다. 그런 상태로 교도소에 들어오다 보니 그와의 만남에 대한 후회가 뒤따랐다. 하지만 모든 게 내 잘못임을 인정한다. 이제 와서 그를 탓해봐야 달라질 게 없기 때문이다. 감정의 응어리만 커질 뿐이다. 감정의 파도에 휩쓸리게 되면 다시 나를 잃어버릴 것 같아 애써 침착함을 유지한다.

　체포당할 당시에는 어안이 벙벙했다. 그때 상황이 아직도 실감 나지 않을 정도니 오죽하겠는가. 내가 체포되기 며칠 전, D가 서귀포에 간다기에 P를 만나보라고 한 게 화근이 되었고, 나는 긴급 체포되었다. 모두 내가 시켜서 그들이 그렇게 행동했다고 되어있었다. TV 뉴스나 신문 기사로만 접하던 일이 내게 일어나고 말았을 때 암담했다. 마치 악몽을 꾸는 듯 현실감이 들지 않아 주위 소리가 환청처럼 들려왔다.

처음에는 모든 것이 꿈이었으면 싶었다. 선거에 대한 깊은 견해가 그에게 있을 거라고 판단한 게 나의 실수였다. 좀 더 겪어보지 않은 채 그를 전적으로 믿었다는 자책에 시달렸다. 나와 비슷할 거란 지레짐작만으로 안일하게 상황을 전개한 것에 대한 후회로 마음이 심란하였다.

덩달아 P까지 연루되면서 우리 셋의 운명은 꼬이기 시작했다. 상황을 충분히 판단할 수 있었을 터인데 그들이 왜 나에게까지 확대했는지 아직도 이유를 모르겠다. 아무튼, 두 사람은 집행유예로 자유의 몸이 되었다. 그들이라도 자신의 삶을 살고 있으니 다행이다. 누군가는 책임을 져야 하는 게 세상사 이치니 어쩌겠는가. 나는 두 사람에 대해 많이 생각했다.

P는 나와 대질심문까지 받았다. 그러나 나에게 도움이 되지는 않았다. 그때 상황으로는 그도 어쩔 수 없었을 것이다. 그렇지만 가슴이 답답하고 허무했다. 빈껍데기가 되어버린 것같이 허탈했다. 공소(控訴)사실을 부인하다가 결국 모든 걸 인

정하고 말았다. 한동안 원망이란 것에 사로잡혀 있었음을 숨기고 싶지 않다. 그러나 내가 짊어지겠다고 마음먹고 나니 한결 편해졌다.

서울에서 일부러 찾아준 D가 고맙다. 시간을 내 찾아준 것만으로도 나에게는 큰 위로가 되었으니 그것으로 충분하다. 오히려 그가 건강하게 지내길 나는 바란다. P역시 그럴 수밖에 없는 나름의 사연이 있을 테다. 다음에 만나면 허심탄회하게 그간의 사정을 이야기해줄 거라 믿는다. 누군가를 원망하고 지난날을 후회한들 마음속에 증오만 키울 뿐이다. 내려놓을 건 빨리 내려놓아야 한다. 지금은 주어진 현실을 피하지 않고 마주하는 것만이 최선이다.

달리 생각하면 밖에 있는 사람들이 나를 챙기느라 애쓰고 있는 것에 미안해지기도 한다. 전에 몰랐던 그들의 인간적인 면과 나를 대하는 진실한 마음을 본다. 그것만으로도 내게 큰 힘이 된다. 그래서 더 열심히 지낸다. 하루하루의 시간이 소중하고 지나는 모든 것이 허투루 보이지 않는 것도 이곳에서 얻은 소중한 진리다.

평소 마음이 여리다 보니 눈시울이 자주 뜨거워진다. 면회실과 화장실은 물론 잠자리에서까지 울컥울컥한다. 이렇게 시간은 흐르고 그 안에서 내 마음도 조금씩 정리가 되어간다.
역시, 시간이 약이고 진실이 답이다.

2010.9.16.

19.
감시자

　오랜만에 맑은 하늘과 마주하고 있는 시간, 창을 가로막은 담장 너머 산등성이가 보인다. 누군가 한라산 끝부분이라 하는데 내가 보기에는 아닌 것 같다. 그래도 한라산이라 믿고 싶다. 허한 가슴에 뭐라도 채워야 살 것 같아서다. 저 높은 산은 나를 안아줄 듯 품이 넓은데 바로 눈앞에 회색빛 담장은 싸늘한 감시의 눈빛을 보내고 있다. 갇힌 나는 담장을 피해 애써 하늘과 맞닿아 있는 산의 등줄기를 바라본다.

　오랜만에 맑은 볕 아래 남루한 이부자리를 펼쳤다. 그래도 담요가 바람에 나부끼는 모습이 좋은지 방 식구들의 얼굴에 웃음이 핀다. 햇볕도 우리에게 인색하더니 오늘은 인심을 풀어놓을 셈인지 화창하다. 창살 너머 한라산까지 합세해 우리에게 특별한 날을 만들어주고 있다. 그리 흔하지 않은 날이라 모두 즐기는 분위기다.

　담 밖에서는 그만한 일로 좋아한다고 비웃을지 몰라도 갇혀 있는 사람에게는 한 귀퉁이의 풍경도 그리움의 대상이 된다. 하늘과 공기와 움직임까지 한정되어 있다 보니 갈증이 심하다. 이런 상황 속에서도 누군가에게는 끊임없는 감시의 대상임을 인식하지 않을 수 없다.

영국의 공리주의(功利主義) 철학자 '제러미 벤담'이 제안한 교도소의 형태는 '판옵티콘(Panopticon)'이었다. '모두(pan)'와 '본다(opticon)'는 뜻의 그리스어 판옵티콘은 죄수들을 내면의 눈 속에 가둬버린다.

중앙 높은 곳에 있는 감시탑의 조명은 어둡다. 반대로 감방은 밝다. 이런 구조는 수용된 다수의 사람을 효과적으로 감시할 수 있는 형태다. 수용자는 감시탑에 사람이 있는지를 알 수 없기 때문에 늘 긴장하게 된다. 감시자의 존재가 드러나지 않지만, 감시의 효과를 극대화하는 방법이다. 갇혀 있다는 건 그들의 시선에서 벗어날 수 없음을 말한다.

감시자는 말이 없다. 그저 기계적인 행동으로 포승줄을 묶고 수감자와 동행한다. 시선은 냉담하다. 차가운 유리 조각이 심장에 박히는 것만 같다. 물론 직업상 업무를 수행할 뿐이니 인간적인 면을 바랄 수 없다. 수감자들은 그들의 통제 속에 움직여야 하므로 한없이 위축된다. 죄는 인간존재의 존엄성마저 빼앗은 무기다.

움직임이 적은 생활이라 조금이라도 더 움직여볼까 하는 마음에 손을 자주 씻게 된다. 그러다 보니 손바닥 피부가 약해졌다. 이렇게 의지와 현실이 충돌하여 일어나는 불편함 때문에 한숨이 터진다. 그러나 다른 사람에게 피해를 줄까 봐 한숨도 크게 내쉬지 못한다. 목소리를 높이는 건 언감생심. 마음 놓고 대화도 할 수 없는 환경 앞에 생존본능만이 살아 있다. 출소해도 한동안 말을 잊은 채 지낼 것 같다.

운동 시간 30분 동안은 모두가 열심이다. 굳어버린 육체가 숨을 쉴 수 있는 유일한 시간이기에 그렇다. 주어진 시간을 최대한 활용해야만 건강을 유지할 수 있다. 육체에 대한 희망마저 놓아버리면 우울이란 거대한 그림자가 덮쳐올 것이기에 안간힘을 쓴다.

운동도 본인이 하기에 따라 달라진다. 단 30분이라도 내 몸을 사랑할 수 있는 최고의 시간 앞에 난 겸손해진다.

2010.9.16.

20.
범털과 개털

　이제는 이곳 생활에 어느 정도 익숙해졌다. 상황에 따라 어떻게 대처해야 하는지도 익혔다. 흔히 말하는 요령이란 게 생겼다. 이 모든 변화가 스스로도 놀랍다. 이곳에 갇혀 있는 사람들은 대부분 다른 삶을 찾아 언젠가는 떠난다. 그 사실에 희망을 거는 이들도 있고 끊임없는 비관으로 자신을 잠식시키는 사람도 있다. 결국은 어떻게 마음을 먹느냐가 문제다. 주체적으로 자신의 정체성을 찾아 긍정적인 삶의 방향으로 나아갈 것인지, 이곳 생활에 안주할 것인지는 각자 선택에 달려있다.

　이곳 생활에 이나마 적응하기까지는 어려움이 많았다. 아무것도 몰라 남의 눈치를 보는 게 일과였다. 가르쳐주는 사람도 없었다. 사실 교도소 생활을 누가 알겠는가. 그래서 어설픈 행동으로 황당한 일을 당한 적도 있었다. 그때와 비교하면 지금은 여유가 생겼다. 경험을 통해 하나하나 습득해 가고 있다. 독서와 글쓰기가 나를 더 단단하게 만든 것 같다.

오늘은 미결수가 갇혀 있는 2동 1층 각방과 주변의 상황을 이야기하려 한다. 이곳을 관리하는 교도관은 셋이다. 우리를 감시하면서 보살펴주는 관구(管句) 계장과 주임, 그리고 담임 선생 역할을 하는 담당 부장이다.

방은 독방과 혼거 방 두 종류로 구분된다. 독방은 1에서 4번 방, 혼거 방은 5에서 10번방이다. 독방은 네 곳이고 혼거 방은 여섯 곳이다. 독방은 혼거 방에서 생활할 수 없는 사람과 공안(公安) 사범, 외국인을 가두는 방이다. 지금은 1번방에 소년수 1명이 있고, 2번방은 거동이 부자연스러운 사람 2명이 함께 지낸다. 3번방과 4번방은 정신적으로 문제가 있는 사람들이 수용된 방이다.

그리고 다른 방들은 일반적인 사람들이 수용되어 있는데 죄목에 따라 방이 다르다. 누범(累犯)인 사람들이 지내는 곳은 분위기가 편하지만은 않은 것 같다. 내가 있는 6번방은 주로 경제사범과 초범이 지낸다. 특별히 관구 실에서 선정된 사람이 들어오는 방이다. 그 외에 깡짜 방이라고 하여 교도관이 항상 주시하고 방 검사가 자주 이루어지는 곳이 있다. 시도 때도 없이 잡음이 생기고 말썽을 일으키기로 유명하다. 당연히 죄수들이 가기를 꺼려하는 곳이다.

잡범들이 지내는 방은 순한 방으로 소문나 있다. 또 화려한 문신을 한 사람들이 모여 있는 조직 방도 있는데 교도관들이 긴장을 늦추지 않고 관리하는 방이다. 나이가 많은 사람이나 다른 방에서 적응을 못 한 사람들을 따로 모아서 수용한 방도 있다.

공안 사범은 독방에서 지낸다고 생각하면 이해가 쉽다. 선거사범은 공안 사범으로 취급하며, 나도 그 속에 포함된다. 그렇지만 나는 혼자 지내는 것보다 여러 사람과 어울려 지내고 싶어 혼거 방을 선택했다. 운동할 때는 1에서 4번방, 5에서 7번방, 8에서 10번방 이렇게 그룹을 지어 차례로 운동한다.

이곳에서는 필요한 물품, 이를테면 양말이나 노트, 과자 등을 개인이 구매하기도 하고 면회자가 넣어준 물품을 요긴하게 사용한다. 교도소에서는 명절이나 크리스마스와 같이 특별한 날에는 특식이 나온다. 그래 봐야 흰쌀밥에 고깃국이 전부다. 과일은 사과 하나 정도다.

개인이 구매하거나 면회자가 넣어준 물품을 기준으로 넉넉하면 '범털방', 그렇지 않고 빈약하면 '개털방'이라고도 한다. 이곳에서도 빈부격차가 존재한다는 사실이 생경하다. 부익부

빈익빈, 유전무죄 무전유죄라는 말이 세간에서 유행할 수밖에 없는 이유가 여기에 있는 건가 싶다.

그나마 원만한 방에서 생활하게 되어 다행이다. 나처럼 조용히 지내고 싶은 사람은 어떤 일에 휘말리는 걸 원치 않는다. 오히려 누군가에게 도움이 되는 그런 사람이길 원한다. 이곳에서도 나는 받는 것보다 주는 게 편하다.

2010.9.17.

21.
꽃의 시간

창밖 작은 공터에 풀이 많이 자랐다. 최근에 두 번이나 제거작업을 했는데도 잡초가 무성하다. 가만 보면 잡초도 사람 손길을 기다리는 것 같다. 잡초 속에 유독 도드라진 식물이 있다. 키가 작아 까치발로 세상을 구경하느라 목이 길어진 민들레다. 긴 꽃대에 노란 꽃이 바람의 장단에 춤을 춘다. 공터는 해가 거의 들지 않아 습한 기운이 강하다. 그 속에서도 한 줌 햇볕을 받기 위해 고개를 세우고 있다. 그 모습이 너볏하다.

이 옹골진 꽃을 볼 때마다 생명에 대해 생각한다. 어떻게든 살아보려는 의지가 돋보이기 때문이다. 꽃의 시간을 통해 나의 시간을 반추한다. 시간의 마디에 의미를 새기는 꽃처럼 삶의 바닥 속에서도 우리는 살아있다. 콘크리트 벽에 갇힌 나는 자유를 갈구하고 식물은 악조건 속에서도 생명을 붙들고 있다.

노란빛을 세상에 던져 한 줌 희망을 보탠 뒤 민들레는 미련 없이 옷을 갈아입는다. 보송보송한 솜털로 다시 태어나 어딘가 뿌리내릴 곳을 향해 긴 여정을 떠난다. 존재에서 존재로 거듭나는, 해탈로 이어지는 꽃의 일생이다. 민들레 홀씨는 보는 사람들이 스스로 물음표를 던지게 한다. 저 가벼운 것도 생을 노래하는데 나는 여기서 무얼 해야 할까.

글쓰기를 시작한 것도 식물과의 교감에서 비롯되었다. 높은 벽이 턱 버티고 있는 어둡고 칙칙한 곳에서 고물거리던 작은 몸짓을 처음 보던 날, '반짝'하고 희망 한 줄기가 피어났다. 그 희망을 잡기 위해 나는 노트를 펼쳤고 노트가 채워질수록 삶의 의지가 자라났다. 그 후 민들레는 희망의 꽃이 되었다.

그런데 안타깝게도 요즘은 토종을 찾기가 힘들어졌다. 일명 개민들레라고 하는 외래종의 강한 번식력에 밀려 개체 수가 줄어들었기 때문이다. 이곳에 핀 녀석은 토종이다. 외래종은 꽃이 크고 대가 굵은 데다 홀씨가 무거워 멀리 날아가지 못하는 거로 알고 있다. 반면, 토종은 올망졸망한 꽃에 대가 얇다. 그러니 가벼운 몸으로 훨훨 날아갈 수 있다고 한다.

개민들레가 언제부터 제주에 들어와 정착했는지 모르지만, 그 때문에 본래 터를 잡고 살던 토종의 생존에 영향을 미치고 있다. 갈수록 개체가 줄어들어 머지않아 구경하기조차 힘들어지게 되는 건 아닌지 모르겠다. 이곳은 담 밖의 기운을 받을 수 없는 곳이라 그런지 토종민들레가 명맥을 유지하고 있어 다행이다. 담 밖에서였다면 관심 두지 않았을 작은 생명체가 어느새 귀한 꽃이 되었다. 민들레는 당신도 꽃피울 수 있으니 힘내라고 온몸으로 말한다. 그 소리가 귓가에 쟁쟁하다.

요즘은 제비 소리도 사라졌다. 아직은 초가을인데 벌써 강남으로 가버린 것은 아닐 테고 음지가 싫어서 다른 곳으로 옮겨간 건 아닐까 싶다. 제비가 사라진 자리를 귀뚜라미 울음소리가 대신한다. 갇힌 몸이라 그런지 바람마저 쌀쌀하게 느껴지는 요즘, 환절기를 잘 넘기는 게 숙제다. 스스로 자신을 챙기지 못하면 추운 계절을 견디기 힘들지도 모른다. 민들레도 그러하지 않았을까. 꽃을 피우기 위해 오랜 시간 자신을 다독거렸으리라.

어디 민들레뿐이겠는가. 오늘도 세상 구석구석에서 생명은 꿈틀거리고 그 속에서 생과 사의 순환은 이어진다. 작고 소소한 것들이 거대한 세상을 지탱하는 진정한 힘이다.

2010.9.18.

제4부

마음,
높은 벽을 넘다

22.
교도소의 휴일

평일이 아닌 일요일은 일반 사람들에게 안식과 관련된 날이다. 한 주를 열심히 산 것에 대한 보답으로 누리는 휴식은 정당성을 부여한다. 늦잠을 자거나, 헐렁한 옷으로 몸의 긴장을 풀기도 한다. 게으름도 용서가 되고, 생활의 리듬을 한 박자 늦춰도 되는 날이다. 종교 활동을 할 수도 있고, 가족과 외식을 한다거나 평소 미루고 있던 일을 하기도 한다.

그러나 방안에 꼼짝없이 갇혀있는 사람에게 휴일은 지루하기 짝이 없는 날이다. 우두커니 있다 보면 잡념에 빠지기 쉽다. 꼬리에 꼬리를 무는 잡생각들은 좋은 방향으로 흐르지 않는다. 폐쇄된 공간이 주는 우울함까지 더해져 무기력해지기에 십상이다.

면회가 있어 잠시 밖의 소식을 들을 수 있다면 활력을 얻을 수 있다. 운동 시간에 하늘바라기를 하면 숨쉬기가 좀 더 편해진다. 하지만 일요일은 면회도 운동 시간도 주어지지 않는다. 그래서 우리는 시간 보낼 일거리를 찾느라 야단법석을 떤다. 그런데 딱히 교도소에 일거리란 게 있을 리 없다. 게다가 한정된 공간은 마음의 넓이까지 좁혀 버린다. 그런 와중에 의견이 맞지 않아 옥신각신 다투기도 한다. 막상 좋은 안이 있어도 실천까지 가기는 힘들다. 열 명의 마음이 모두 같지 않기 때문이다. 그러다 보니 각자 알아서 보내는 시간이 많다.

오늘도 마찬가지다. 어찌 보낼까 고민 아닌 고민을 하고 있는데 누군가 불쑥 도배를 하자고 한다. '도배?' 굉장히 생소하다. 교도소와는 왠지 어울리지 않는 단어라는 생각에서다. 선입견일 수도 있지만 준비할 게 많은 건 사실이다. 그런데 나와는 달리 그들의 표정은 자신만만하다. 말이 떨어지자 순식간에 행동으로 이어진다. 종이를 망설임 없이 자르더니 작은 접시에 풀을 개어 만든다. 처음 보는 광경에 나는 눈이 동그래진다. 종이는 편지지로 대신하고, 풀은 밥으로 만든다. 분명 먹다 남은 밥을 모두 버렸을 텐데 어디서 나왔는지 모르겠다. 솜씨들이 놀랍다.

늘 마음에 걸리던 화장실 쪽 천장에 피어난 곰팡이를 제거하는 것부터 시작한다. 곰팡이로 얼룩진 부분에 하얀 종이로 붙이고 나니 감쪽같다. 편지지를 뒤집어 바른 것뿐인데 전혀 다른 모습이다. 모두 신이 나서 사방 벽을 도배할 기세로 종이를 자르고 준비한다. 그때 감방장이 더 이상 못하게 저지하고 나선다. 지저분한 곳이 많은데 못하게 하니 아쉽다. 교도소에서 도배는 금지된 것도 허용된 것도 아니란다. 그런데 징크스와 관련된 문제가 있으니 하지 말자고 한다. 이해할 수 없지만, 반박도 못 하겠다. 깨끗해진 곳과 꾀죄죄한 나머지 벽이 대비되어 아쉬움만 길게 남는다.

감방장은 처음부터 도배를 못하게 말렸을 수도 있다. 그런데 일요일을 모두 우울하게 보내고 있으니 약간의 분위기 전환이 필요하다 생각한 것 같다. 일단은 우울한 기운이라도 몰아내고 싶었던 것이리라. 감방장의 징크스가 어떤 건지 우리는 모른다. 헤아려 보건대 그에게는 중요한 일일 수도 있다. 그 마음을 이해하지만 갑갑함이 쉬 가시지 않는다. 기회가 된다면 타당한 논리를 내세워 도배를 다시 시도해보고 싶다. 그만큼 어떤 변화에 대한 사람들의 기대가 컸기 때문이다.

이곳은 다른 곳보다 공동운명체의 성격이 강할 수밖에 없다. 개인의 생각보다 다수 의견이 중요하고 개인행동보다 다수의 행동을 바람직하게 여긴다. 그래야 다툼을 줄이고 화합을 도모할 수 있어서다. 환경을 변화시키는 것도 다수 의견이라면 진행해야 한다. 공동의 이익을 위해 개인이 조금씩 양보해야 평화가 유지될 수 있다. 방도 바깥도 사방이 벽으로 막혀 있는 곳이라 조그만 환경의 변화도 우리에게는 크게 다가온다.

식사 분위기를 바꾸거나, 물건의 위치를 달리하거나 담요를 다른 모양으로 접는 것만으로도 매너리즘에서 벗어날 수 있다. 교도소는 어떤 형태로든 사회에서 죄를 지은 사람들이 모인 곳이다. 그리고 그들이 변화하기를 사회는 바란다. 사람의 근본이 바뀌지는 않겠지만 좋은 쪽으로 생각하는 힘은 사소한 변화에서 생긴다는 걸 나는 믿고 싶다.

환해진 천장 한쪽을 바라보며 눕는다. 그곳에 마음이 가닿는다. 채우지 못한 아쉬움을 하얀 바탕에 그려본다. 어둠 속에서도 빛을 향해 나아가는 것처럼 처음은 늘 작은 것에서부터 시작된다. 그 시작이라는 걸 오늘이라는 하루의 바지랑대에 건다. 갇혔던 휴일이 오늘만큼은 자유롭게 휘날린다. 뿌듯한 날이다.

2010.9.19.

23.
침묵과 소통 사이

　이곳에 갇혀 있는 사람들은 마음을 쉽게 열지 않는 편이다. 사회에서보다 경계심이 많다고 할까. 그런 면에서 교도소에서의 침묵은 생존과 관련된 인간행동의 한 부분이라 여겨진다. 상대방의 현재 모습보다 선입견으로 판단하는 경우가 많아서 그렇다. 그러다 보니 자신을 보여야 할 일이 생기면 미화하고 포장한 뒤 말문을 연다. 쉽게 열리지 않는 마음 뒤편에는 의심과 두려움의 벽이 견고하게 형성되어 있다.

　자신을 지키기 위한 무기인 침묵은 언어를 최소화한다. 필요한 말도 끝까지 삼키다가 어쩔 수 없을 때 뱉어놓는다. 이렇게 압축된 언어 속에는 많은 의미가 담겨 있다. 자신을 쉽게 드러내서는 안 되기에 포장할 수 있는 부분 외의 것들은 침묵이란 방으로 들어가 버린다.

　그래서 그들과 대화할 때면 상대방의 의중을 파악하는 데 집중한다. 무엇보다도 나 스스로 진심을 담으려고 노력한다.

그래야 상대방이 마음을 열 것이기에 그렇다. 그런데 놀라운 건 침묵 속에서 행해지는 질서와 화합이다. 굳이 말을 하지 않아도 규칙이 지켜지고 행동이 제어된다. 이곳에서 습득하게 된 또 하나의 생활방식이다.

간혹 예외가 있긴 하다. 불이익을 당한다 생각하면 목소리를 높여 침묵을 깨버린다. 사회에서는 주위를 생각하고 분위기를 가늠하겠지만 여기는 그런 절차가 없다. 모든 사람이 그런 건 아니지만, 대부분이 그렇다. 환경이 사람을 지배하는 예다. 오늘도 오전 내내 방안에는 침묵이 무겁게 흐르고 있다. 그래도 딱히 불편하게 느껴지지 않는 걸 보면 나도 어느새 이곳의 언어방식에 동화되어 가는 것 같다.

점심시간이 되자 사람들의 움직임이 분주해진다. 나도 읽던 책을 놓고 점심 준비를 하려는데 갑자기 교도관이 내 수인번호를 부른다. 의무계장님 면담이라고 한다. 점심이 끝나자 옆방에 있는 박 사장과 함께 의무실로 향한다. 박 사장에게 무슨 일이냐고 물었더니 그도 모른다고 한다. 사실 별일 아니었다. 우리는 그저 의무실 원탁에 앉아 커피를 마신 게 전부다. 종이컵에 담긴 믹스커피를 홀짝홀짝 마시는데 뭔지 모르게 위로가 된다.

추석을 이곳에서 맞이하는 게 안쓰러워 계장님은 위로 겸 우릴 부른 것이라고 한다. 다가오는 추석을 여기서 보내야 한다는 생각에 그렇잖아도 우울하던 차였다. 내색하지 않으려 했지만, 마음이 텅 빈 듯 허허롭기 그지없었다. 교도소라는 곳에서 느끼는 절대적인 고독이었다. 아무도 대신해 줄 수 없는 그 외로움 앞에 무너지려 할 때 누군가 손을 내밀면 큰 위로가 된다. 오늘 계장님이 내게 건넨 커피가 바로 그런 것이었다.

커피를 마시는 동안 부탁하고 싶은 내용을 짧게나마 전한다. 생각 같아서는 마음속에 있는 서러움과 억울함을 다 털어내고 싶다. 그러나 제약 상 오래 머무를 수 없다. 그래도 나에겐 유익한 시간이다. 의무 계장님의 인간적인 호의에 마음이 따뜻해진다. 보답으로 커피를 내어준 직원에게 최대한 경의를 표한다. 우리를 인솔하는 교도관에게도 고맙다는 말을 잊지 않는다.

고마움과 아쉬움, 침묵에서 벗어나 짧은 시간을 뒤로하고 내 몸은 2하 6방 안으로 들어서고 있다. 추석이 다가와서인지 교도관의 행동이 평소보다 늠름하다. 새삼 교도관에 대해 생각한다. 그들의 업무도 쉽진 않을 테다. 그래선지 늘 피로한

기색이 역력했는데 오늘은 그의 표정이 환해서 다행이다.

사실 따지고 보면 침묵이 불편한 것만은 아니다. 침묵을 가만 들여다보면 긍정의 뿌리에 닿아 있음을 알게 된다. 침묵은 생각할 시간을 주고, 스스로를 갈무리할 수 있게 해주니 그렇다. 침묵은 나에게 사색의 시간이다. 그렇더라도 침묵이 오래가면 상대방에게 오해의 소지가 될 수 있으므로 적당한 게 좋겠다.

2010.9.20.

24.
여백

　빈손으로 왔다가 맨몸으로 떠나는 게 인생이라 한다. 터를 잡고 사는 일상도 그럴진대 잠깐 머물 수밖에 없는 곳이라면 살림이 단출할수록 좋다. 그러나 그건 어려운 일인가 보다. 개인 물품 함을 정리할 때마다 물건에 대한 미련에서 쉽게 벗어날 수 없어서다. 지금은 필요하지 않지만 필요할 것으로 생각해서 챙겨두는 물건들이 있다. 그것들 때문에 매번 고민하게 된다.

　이곳에서 책과 노트는 내게 긴요하다. 옷 역시 계절별로 있어야 한다. 깨끗하게 지내려면 갈아입을 옷도 필요하다. 잘 입지 않은 건 버리고 싶지만 지난 시간의 흔적이 남아 있어 망설인다. 하나하나 물건에 의미를 부여하다 보면 결국 버리는 문제는 난제로 다가온다. 여기에서조차 물건에 갇히는 게 싫어 비우는 데 익숙해지려 무던히도 애쓴다. 그런데도 아직 비움에 대해 적응이 안 된 것인지 생각만 어지럽다.

하나만 있어도 되는데 같은 종류가 두 개, 세 개로 늘어나면 비워야 할 때다. 약간 부족하다 싶어야 삶에 진지해지듯 여백을 남겨둬야 채우고 싶을 때 담을 수 있기에 그렇다. 물건뿐이겠는가. 살아가는 일에도 여백이란 게 있어야 한다.

사실, 오늘은 좀 특별한 날이었다. A라는 친구가 찾아와서다. 면회실에서 그를 바라보고 있으니 세월의 무상함이 느껴졌다. 붙어 지내며 한 곳을 바라본 게 엊그제 같은데 지금은 서로를 향한 시선에 회한이 담겨 있다. 어찌 생각하면 극과 극이라는 현재의 삶이 심리적인 거리를 만든 것 같기도 하다. 그는 갇혀있는 내 모습을 보며 많은 생각을 했을 것이다. 나 역시도 평소보다 생각이 깊어진 하루였다. 갖지 못한 것, 가질 수 없는 것, 갖고 있어도 허무한 것, 비워내지 못한 것들로 머릿속이 복잡했다.

지금은 분명 각자가 다른 위치에 서 있지만, 한때는 궂은일 좋은 일을 함께했다. 이제 그 시간은 추억이란 이름으로 남게 되었다. 호탕하게 웃으며 내게 미소를 보냈지만 그도 쓸쓸해 보였다. 아마도 추석을 앞두고 있어 마음에 걸린 모양이었다. 감옥에 앉아 멍하니 천장만 바라보고 있을 친구를 생각하면 편치는 않았으리라. 우직한 몸이 태산처럼 강할 것 같지만, 여린 친구이기에 그의 마음이 눈에 보였다. 명절을 앞두고 옥고를 치르고 있는 오랜 친구에 대한 연민이 그를 이곳으로 데려온 것일 거다.

사실, 그로 인해 눈물을 흘린 적도 있다. 젊은 시절, 나는 그를 위해 밤낮으로 뛰어다녔기에 마음의 색깔이 같을 거로 생각했다. 하지만 지난번 그가 툭 던진 한마디가 내 맘에 깊은 파문을 일으켰고 쓰디쓴 눈물이 되어 터졌다. 사실 친구가 내게 상처를 주려고 한 말이 아님은 안다. 날 믿고 신뢰하기에 허심탄회하게 던진 말일 수도 있다. 나를 위한 조언이라 생각하면 아무것도 아닌 일이었다. 하지만 당시 내게는 서운하게 들렸다. 아마도 마음이 빈들처럼 허허로웠던 것 같다.

그때 나는 깨달았다. 비워야 하는 것에 집착하면 정신이 피폐해진다는 것을, 적당한 마음의 줄다리기가 필요하다는 걸 알게 된 계기였다. 생각해보면 어떤 기대를 바라는 게 아닌, 내가 좋아서 한 일이었기에 그것으로 충분했다. 결국, 삶이란 채우고 비우는 과정, 그 이상도 그 이하도 아니란 걸 알았다.

친구의 뒷모습이 눈에 아른거린다. 좋았던 때로 돌아갈 수 있을지는 모르겠지만, 다시 만나면 친구 손을 오래 잡아보고 싶다. 나의 온기와 그의 온기가 하나 되어 만나는 지점, 그곳에 우정이란 깊은 샘이 놓여 있다.

2010.9.20.

25.
달, 달, 무슨 달

나무 위에 걸터앉은 달
만삭으로 배가 불룩하다
지나가던 구름이 살짝 건드린 걸까
달이 출렁인다

달의 배에서 빠져나온 이야기가
밤하늘에 가득하다
이야기는 바람을 타고
사람들 마음에 가 닿는다
어머니에게, 자식에게, 연인에게

달의 씨앗을 품은 사람들
간절함으로 쏘아올린 마음하나
별이 되어 총총, 어둠속에 피어난다

이곳에 갇혀 지낸 지도 120일이 되었다. 생각해 보면 짧고도 긴 시간이다. 처음 들어왔을 때는 모든 것이 막막했는데 하나둘 익히면서 지금까지 오게 됐다. 그렇다고 교도소 생활에 익숙해진 건 아니다. 아니, 익숙해질 수 없는 곳이고, 익숙해져서도 안 되는 곳이다. 단지, 처음 나를 둘러싸고 있던 짙은 어둠이 조금씩 사라졌다. 그건 살아야 한다는 절실함이 만들어 낸 삶에 대한 긍정이다. 내가 어디에 있든, 어떤 상황에 있든, 나를 벗어버릴 수 없기에 찾게 된 건 주어진 삶을 들여다보는 것이었다.

　이곳에는 희망을 잃어버린 사람들이 많다. 아무리 발버둥쳐봐야 삶이 더 이상 나아지지 않는다고 생각하면 포기와 체념에 이르기 쉽다. 그런 사람들의 눈빛은 힘이 없고 행동도 민첩하지 않다. 원망이나 푸념에 익숙해 있고 무슨 일이든 남의 탓으로 돌리는 경향이 있다. 시간을 아까워하지 않고 시간이 안 간다고 투덜거린다. 하루를 그저 보내는 것으로 만족하는 사람들이다. 어쩌면 교도소라는 곳이 품고 있는 어두운 그림자의 영역일 수도 있다.

　반면, 이곳을 계기로 자신을 새롭게 인식하는 사람들도 있다. 멈출 줄 모르고 질주만 했던 이들에게는 삶의 쉼표가 될 수 있다. 혹은 자신도 몰랐던 욕망의 허상을 들여다볼 수 있는 기회도 될 수 있기에 그렇다. 나 또한 처음 부정적이던 생각이 조금씩 긍정으로 흘러가는 걸 보면 새로운 나를 만나게 된 계기가 된 것 같다. 긍정적으로 바뀌면서 희망이라는 것도 조금씩 구체적인 모습을 드러내기 시작했다.

이곳에서는 기다림에 익숙해져야 한다. 할 수 있는 일을 찾아 꾸준히 자신을 점검하는 것도 좋은 방법이다. 그래서 선택한 건 글쓰기와 책 읽기다. 매일매일 아주 사소한 것까지 기록하다 보니 나와 대화할 시간이 많아지고 성찰할 힘도 생겼다. 무엇보다도 사람의 소중함을 알게 되었다.

교도소에 갇히게 된 후 인간관계에 대해 생각하곤 한다. 면회 오는 사람들에게 고맙고 미안한 마음을 감출 수 없다. 그들의 입장에서 봤을 때 면회가 결코 쉬운 일만은 아닐 터다. 그런데도 열일을 제쳐두고 먼 길을 달려온다. 진심 어린 그들의 마음이 깊은 감동으로 이어지고 내 존재를 일깨워 준다. 누군가에게 잊히지 않는 사람으로 남아야겠다는 생각에 불을 지핀다. 소중한 인연은 물질적인 재산보다 더 가치 있음을 자각한다.

추석이 하루밖에 남지 않아서인지 창살 너머로 달이 환하게 떠올랐다. 희미한 달만 보다가 보름달을 보고 있으니 가슴이 트인다. 달을 똑 따서 주머니에 넣고 싶다. 잘 보관했다가 방 안이 어둡고 칙칙할 때 척, 꺼내놓으면 좋을 텐데, 이런 엉뚱한 생각도 달이 있기에 가능하다. 또 달을 보면 달덩이처럼 넉넉한 웃음을 가진 아내의 모습도 떠오른다. 이곳을 나가면 돌아오는 추석날은 아내 손을 꼭 잡고 푸른 밤 아래 설 것이다. 바닷물을 머금은 보름달을 보며 아내 어깨를 포근히 감싸주리라.

새벽달은 더 운치 있다. 달빛을 바라보고 있으면 식당에서 또드락또드락 밥 짓는 소리가 들리고, 귀뚜라미도 질세라 울기 시작한다. 새벽에 우는 귀뚜라미 소리는 또렷하다. 다른 소리가 섞이지 않아서일 것이다. 가만 들어보면 귀뚜라미는 온 힘을 다해 울고 있다. 내가 귀 기울여 듣고 있는 걸 알기라도 하는 것처럼, 나를 위해 울어주는 귀뚜라미가 기특하다.

나는 누구를 위해 온몸을 바쳐 울 것인가. 문득, 그런 생각이 달빛을 가르고 지나간다. 달 속에 떡방아를 찧는 토끼가 아닌 그리운 얼굴이 나를 내려다보고 있다.

2010.9.21.

26.
초록색 사과

　추석 전날이지만 명절 분위기를 느낄 수 없다. 담 밖이라면 지금쯤 오랜만에 만난 가족과 화기애애한 시간을 보내고 있을 텐데 교도소는 적막하기만 하다. 세상이 변할수록 온 가족이 모이기 힘든 세상이다 보니 명절을 기다리는 사람이 많다. 특히 시골에 계신 어르신들에게 명절은 중요하다. 오매불망하던 자식과 손자 손녀들을 볼 수 있으니 눈이 빠지게 기다린다. 하지만 이제는 그것도 예전 같지 않다.

　교도소에도 명절이 오긴 한다. 다른 게 있다면 즐거움보다 외로움과 쓸쓸함이 방안을 점령한다는 사실이다. 그러니 명절이 별로 달갑지 않다. 내일이 추석이어서 특식으로 사과가 나왔다. 초록색 사과다. 아오리도 아닌데 채 익지 않고 떨어진 사과인가 보다. 사과는 빨갛다는 생각이 강한 탓에 초록 사과를 보니 벌써 신맛이 돈다.

　사과를 베어 먹는 옆 사람들이 오만상을 찌푸린다. 많이 시큼한가 보다. 나는 별로 입맛이 당기지 않아 사과를 손으로 만지작거리고만 있다. 더운밥 찬밥 가릴 곳이 아니니 사과를 준다는 것만으로도 고마운 일이지만 선뜻 입에 넣지 못하고 있다.

교도소에 갇혀 지내는 사람들은 단순함에 길든다. 그러다 보니 아주 작은 것에도 기뻐하는 어린애 같은 반응을 보일 때가 있다. 기대치가 낮아지다 보면 그럴 수 있다. 어찌 생각하면 욕망이나 꿈이 거세당한 것 같아 슬프기도 하다. 이런 가운데도 항상 긴장의 끈은 놓지 말아야 하는 게 이곳 생활이다.

세상 사람들이 중심에서 행복해할 때 가장자리로 밀려난 이들, 그래서인지 다소 예민해진 사람도 있다. 일찍 찾아온 서늘한 바람까지 이곳 사람들의 우울을 부추기는데 한몫을 한다. 구속된 삶에 추석을 누릴만한 여유 같은 건 없다. 좁은 방 안에서 꼿꼿하게 앉아 시간을 헤아려야 하는 상황이다. 오히려 당장 필요한 건, 맛있는 음식도 즐거운 놀이도 아닌 자유로운 휴식이다.

취침시간이 되자, 기다렸다는 듯 너도나도 담요를 깔고 드러누워 TV를 시청한다. TV는 채널이 정해져 있고 본방송도 아니다. 그런데도 세상과 통할 수 있다는 점에서 고마운 존재다. 채널을 다양하게 둘 수 없는 건 다툼이 일어날까 염려해서다. 가정집에서도 TV 채널을 가지고 싸우는데 이곳은 오죽할까. 많은 사람이 각자 자신이 보고 싶은 프로를 고집한다면 상황은 불 보듯 뻔하다. 그러니 애초부터 싹을 잘라버린 셈이다. 그에 대해 누구도 불만을 품을 수 없다. 규칙과 복종만이 있을 뿐이며 그게 평화를 유지한다는 걸 모두 알기 때문이다.

TV에서는 뉴스가 방영되고 세상에서 일어나는 온갖 일들이 그 안에 담겨 있다. 다른 게 있다면 추석 전날이라 약간 들뜬 사람들의 표정이다. 고향을 찾는 사람들과 오랜만에 만나 담소를 나누는 가족들의 모습이 우리에게 명절을 일깨워준다.

마침 창살에 달이 머물자, 사람들의 시선이 밖으로 향한다. 그들의 눈에 그리움이 가득하다. 한숨 소리도 들려온다. 다행인 건, 자연은 누군가의 소유물이 아니라 어디서건 똑같이 볼 수 있다는 거다. 우리가 간절한 마음으로 바라보듯 누군가도 이 시간 자신의 달을 만나고 있을 것이다. 이지러짐 없이 완전한 곡선으로 세상을 아우르는 달, 정작 아무런 말이 없지만 무수한 사연을 품고 사람에게 다가선다. 사람과 사람의 마음을 이어주는 달은 최고의 메신저다.

2010.9.21.

27.
마음, 높은 벽을 넘다

　자유로운 몸이 되면 가장 먼저 뭘 할까. 가끔 그런 생각을 골똘히 할 때가 있다. 사실, 순서를 정한다는 건 무의미하다. 구속에서 풀리는 순간, 어떤 상황이 벌어질지 알 수 없고, 내 몸 상태가 어떻게 변해 있을지도 몰라서다. 그러니 무엇부터 먼저 하느냐는 부질없는 생각일지도 모른다. 그런데도 그런 상황을 그려보는 일이 흥미롭다. 그전에는 몰랐던 자유라는 게 내게 너무나 절실해진 까닭이다.

　순서를 정한다면 고마운 분들께 제일 먼저 인사를 하고 싶다. 잊지 않고 면회를 와주신 분들과 나를 애타게 기다리는 가족에게 온 마음으로 고마움을 전하는 게 도리일 테다. 다음에는 치과 치료를 열심히 받아야 할까 보다. 시큰거리는 치아는 불안하고 흔들리는 내 마음처럼 영 좋지 못한 상태다. 치료를 받는 김에 종합검진도 받아 몸 상태를 점검하고 싶다.

　갑자기 생활환경이 달라지면서 정신적인 충격도 컸지만, 육체가 힘들다고 아우성이다. 의식주가 바뀌자 전에 없던 자잘

한 질환이 생기고 피부도 민감해졌다. 게다가 교도소 내에서는 앉아있는 시간이 많아서 허리와 등에 무리가 갈 수밖에 없다. 좁은 방에서 몸을 움직인다는 게 여의치 않은 탓이다.

이런 습관이 출소한 뒤에도 만성화될까 두렵다. 그러니 나가자마자 운동을 규칙적으로 하는 건 당연하다. 담배와 술을 찾지 않게 된 건 좋은 일이다. 밖에서도 계속 실천해야 하는 게 금주와 금연임은 말할 것도 없다. 또한, 이곳에서 얻은 독서와 일상을 남기는 일은 계속하고 싶다.

생각해보면 갇혀 있는 상황이 내게 아픔만 준 것은 아니다. 이곳 상황 때문에 유익한 습관도 생겼으니 말이다. 어찌 보면 모든 게 일방적이지는 않다. 제한된 것들이 많다 보니 허락된 범위에서만 욕심을 부리는 지혜도 터득한다.

주어진 환경에서 주위 사람에게 피해를 주지 않고 조용히 자유의 그 날을 기다리려 한다. 말을 함부로 하고 부산스럽게 행동한다면 진정한 나만의 시간을 가질 수 없다. 상대가 말을 걸어오면 성실한 대답을 해주지만 쓸데없는 말은 삼간다. 무겁고 복잡한 관계를 최소화하여 나를 돌아보는 시간을 많이 가지는 게 신경 써야 할 행동이라 생각한다.

추석 전날과 당일, 그리고 다음 날까지 포함해서 사흘 동안은 휴일이라 철문이 열리지 않는다. 공휴일은 운동과 접견이 금지되기 때문이다. 어쩔 수 없이 좁은 방 안에서 당분간 지내야 한다. 시간 보내기 가장 좋은 건 역시 책 읽기다. 그렇지 않으면 누군가에게 편지를 쓰는 것도 좋다. 책을 통해 다른 사람의 삶을 엿보고 내 삶을 종이에 옮겨 보는 건 가치 있는 일이다.

글을 쓰다 보면 실타래처럼 엉킨 생각들이 정리된다. 특정한 사건이나 의미 있는 일이 아닐지라도 순간순간이 내게는 중요하다. 현재라는 건 잡아둘 수 없기 때문이다. 지나버리면 흔적은 남을지언정 그때의 감정을 되살릴 수는 없다. 그러니 부지런히 쓰고 되새겨서 기억의 씨앗을 마음 밭에 심어두는 일이 필요하다.

추석 당일인 내일은 오늘보다 좀 더 우울해질지도 모르겠다. 몸은 갇혀 있는데 마음은 고향으로 달려갈 테니 말이다. 이럴 때 책이 있으니 얼마나 다행인가. 또한, 펜과 노트는 내게 큰 위안이 된다. 다들 나와 같은 생각을 한 걸까. 여러 사람이 책을 읽고 있다. 어떤 이는 신문을 뒤적거린다. 추석 전날, 교도소에 때아닌 독서삼매경 열풍이 불어온 것 같다. 그들의 진지한 모습에 피식 웃음이 난다.

2010.9.21.

28.
추석과 어머니

낯도 여물고 밤도 여물어
아람 가득한 계절이면
어머니 치맛자락도 분주해지고
추석날 밤은 모닥불처럼 따뜻했다
손에 손을 잡고 정을 나누는 가족
초가집 마당에 번져나는 웃음소리
돌담도 들썩들썩 흥을 돋우고
아득히 들려오는 파도소리는
꿈결처럼 아늑했다
휘영청 보름달이 기웃거리며
방을 엿보는 사이
어머니 얼굴에는 함박꽃이
활짝 피어나고 있었다

새벽녘 꿈을 꿨다. 꿈속에 많은 사람이 등장했다. 평소 내가 좋아하던, 명절이면 만나서 웃음꽃을 피우던 사람들이었다. 그들과 함께 하하, 호호 웃다 꿈에서 깼다. 날이 밝아오고 있었다. 꿈에 대한 여운이 가시지 않아 그 기분을 유지하려고 계속 누워 있었다. 그것도 잠시, 옆에서 부스럭거리는 소리에 몸을 일으켰다. 길게 아쉬움이 남았다.

주방에서는 오늘도 여전히 또드락거리는 소리가 들려온다. 늘 변함없이 이 시간이면 들려오는 소리는 이제 평화로움마저 준다. 다른 사람을 위해 먹을 걸 준비하는 일, 먹는 행위는 생명과 관련된 것이기에 음식을 만든다는 건, 선한 행위다. 만드는 사람이 누구든 그 행위 속에는 인간에 대한 사랑이 담겨 있기에 그렇다.

불현듯 어머니의 생전 모습이 떠올랐다. 가족을 위해 힘든 내색 없이 음식을 준비하던 어머니도 이른 새벽부터 부엌과 한 풍경이 되곤 했다. 어머니가 있던 부엌은 평화로웠고, 아늑함과 어떤 신비로움까지 있었다. 이제는 기억 속에 존재하는, 현실이 될 수 없는 풍경이지만 그 느낌은 늘 새롭다.

잠이 덜 깬 채로 창문에 기대선다. 오늘따라 꿈의 여운이 쉽게 가시지 않는다. 아마도 명절이라 더 그런 거 같다. 눈가에 잠을 주렁주렁 달고서 창 쪽으로 얼굴을 내민다. 차가운 바람이 얼굴을 만지면 잠이 확 달아날까 싶어서다.

일과를 시작해야 할 시간이라 마냥 창가에 기대 있을 수는 없다. 화장실도 다녀와야 하고 아침 점검 준비도 해야 한다. 이제는 모든 행동이 기계적이다. 머리보다 몸이 일정대로 움직인다. 추석날이라 마음은 특별하지만, 여기의 아침은 여느 날과 마찬가지다. 감방장은 제일 먼저 일어나 기도문을 읽고 있다. 그전보다는 중얼거림이 많이 줄었다. 부지런함이 몸에 밴 사람이다. 주변이 소란스러워도 개의치 않는다. 오로지 기도문 읽는 데만 열중한다. 집중력도 대단하다.

옆에서 자는 K는 아직도 한밤중이다. 자다 보면 본인 담요는 차버리고 내 담요를 끌어안고 있다. 그렇다고 자는 사람을 깨울 수 없어서 그냥 둔다. 방이 좁아 너무 붙어 자다 보니 일어나는 현상이다. 곤히 자던 그가 무슨 소리를 들었는지 눈을 뜬다. 그리곤 미안했던지 얼른 담요를 돌려준다. 사실 나는 아무렇지 않다. 내가 조금 불편해도 옆 사람이라도 편안하게 잘 수 있으면 그것으로 충분하다.

오늘은 이성보다 감성이 우세한 날인가 보다. 기분이 착 가라앉는다. 명절에 느끼는 보편적 감성 앞에 이성이 맥을 못

춘다. 집에서 맞이해야 할 추석을 교도소에서 맞고 있으니 아무렇지 않다면 그게 더 이상한 일이긴 하다.

간절함이 꿈으로 이어져 그 여운이 아침 기분을 좌우하고 있다. 갇혀 있다는 사실이 어느 날보다 더 강하게 인식된다. 이런 날은 쓸쓸함에도 독한 기운이 서려 있다. 오늘따라 귀뚜라미의 연주도 들리지 않는다. 아마 추석이라 나를 대신해 고향에 소식을 전하러 갔는가 하는 엉뚱한 생각을 한다.

느닷없이 노래가 부르고 싶어진다. 귀뚜라미마저 조용하니 내가 대신해서 이곳의 적막을 깨뜨리고 싶다. 교도소에서는 목소리가 커도 눈총을 받는다. 오직 점검 시간에 구령에 맞춰 번호를 복창할 때만 소리를 지른다. 그러고 나면 가슴이 확 트인다. 그 시간에는 내가 살아있다는 걸 느낀다. 그만큼 평소 작은 목소리로 생활하는 탓이다.

모두 입을 꾹 다물고 있는 추석날 아침, 다른 날보다 더 풀이 죽어 있는 우리의 자화상을 본다. 오늘은 엄마를 찾는 아기처럼 고향의 품에 안기고 싶다.

2010.9.22.

제5부

길든다는 것

29.
길든다는 것

여러 사람이 맨살 부대끼며 오래 지내다 보면 어느덧 말투나 얼굴 모습도 비슷하게 변해간다. 욕심까지도 닮아간다. 거울을 보듯 상대방에게서 나를 발견하게 된다. 그리고 그 사실에 놀라기도 한다. 오래된 부부에게 하는 말도 그렇다. "두 분이 서로 닮으셨어요." 이처럼 시간과 공간을 공유하는 이들은 자연스럽게 생각과 느낌까지도 공유하게 된다. 하물며 같은 옷을 입고, 음식을 먹고 같은 공기를 마시고 온종일 붙어 지내는 사람들은 말할 것도 없다.

누구와 닮았다는 말에 못마땅함을 표하는 사람도 있다. 특히 평소 탐탁잖게 생각하는 사람과 닮았다고 하면 자존심 상해한다. 자신의 고유한 개성을 중요시하는 사람은 닮았다는 말을 싫어할 수밖에 없다.

그러나 담 안에서는 그런 개성을 살리기 쉽지 않다. 같은 시간에 일어나야 하고, 밥을 먹어야 한다. 운동과 TV 보기 등을 함께 하다 보면 동작과 생각이 향하는 시점까지도 같을 수

밖에 없다. 공장 기계의 부속품처럼 정렬이 잘된 모습으로 길든다. 타인에 의해 길든다는 것, 자신의 의지와 상관없이 어딘가에 맞춰져 간다는 건 상당히 괴로운 일이다. 그게 불가항력일 경우, 괴로움은 더 크다. 억압과 공포에 길들고 복종에 길드는 건 나가 아닌, 우리일 때 더 강하게 작용한다.

이곳에서는 개인보다 다수의 취향이나 의견이 힘을 발휘한다. 가령 창문을 여닫는 문제도 어느 한 사람의 입장은 제외된다. 여러 사람이 춥다고 하면 창문을 닫아야 하고, 더워하면 문을 열어야 한다. TV를 시청할 때도 모두 입을 꾹 다문다. 개인의 행동은 다수의 이익을 위해 지양된다. 한 사람의 개성이나 가치는 뒤로 물러나기에 십상이다. 그런 모습에 길들다 보면 하나 되는 걸 당연하게 여긴다.

이곳까지 오게 된 사연은 모두가 다르다. 거기에는 자신이 가진 성격이나 가치관이 작용했을지도 모른다. 그러나 오래 함께 있다 보면 그런 개인적인 이유는 별 의미가 없어진다. 결국, 이 공간에서 하나가 되어간다. 환경에 종속될 수밖에 없는 인간의 나약한 면이라고 할 수도 있지만, 타인을 향한 배려를 배울 수도 있다.

오히려 가끔은 이런 환경에 편안함을 느끼기도 한다. '왜 나

여야만 했을까로 괴로워하던 마음이 타인으로 인해 해소되기도 한다. 억울함은 나만의 것이 아니라는, 우리에게 적용된 보편적인 상태라는 걸 환기해준다. 새로운 환경이 주는 작은 위로다. 죄를 인정하고 죗값을 치러야 한다는 긍정적인 마음으로 바뀔 때 그 죄뿐만이 아닌, 인생 전체를 돌아보게 된다.

어떤 식으로든 의미 있는 시간을 만들어야겠다는 결의의 씨앗을 가슴에 품는다. 펼쳐서 행간을 더듬어야 할 책이 쌓여 있으니 든든하다. 가고 오는 하루하루에 연연하지 않고 이곳 상황에 맞추어 생활하다 보면 시간은 훌쩍 지나갈 것이다. 현재가 가장 중요한 때임을 자각한다. 나를 가장 또렷하게 드러내고 있는 것은 존재하고 있는 바로 이 시간이다.

아마 고향에서는 지금쯤 체육대회 준비로 바쁠 것이다. 추석 다음 날은 체육대회가 열리는 전통이 있어서다. 내가 태어나 자란 곳은 일곱 개 마을로 구성되어 있다. 마을마다 개성이 뚜렷하여 일곱 빛깔 무지개를 연상케 한다. 그들만의 색깔을 드러내기 위해 각 마을 간의 경쟁도 치열하다. 그러다 보니 다툼도 일어난다. 하지만 대회가 끝나면 언제 그랬냐는 듯 화해도 빠르다.

종목도 다양하다. 윷놀이나 배구, 줄다리기는 남녀가 함께

한다. 그러나 주 종목은 축구다. 축구는 마을 간 시합을 벌인다. 마을에서 바쁘게 움직이는 모습이 눈에 선하다. 비록 몸은 떨어져 있지만, 마음으로 응원을 보낸다. 서로 합심하여 뜻깊은 시간을 가졌으면 하는 바람이다.

새삼 세월의 흐름이 느껴진다. 축구회 회장직을 맡아 젊은이들과 함께했던 날이 엊그제 같은데 벌써 옛일이 되었다. 그래도 혼신을 다했기에 생각만으로도 흐뭇하다. 눈을 감고 귀를 기울이니 젊은이들의 건강한 숨소리와 환호성이 들린다.

그 시절이 아직도 가슴에 팔팔하게 살아 있어 심장을 고동치게 한다.

2010.9.22.

30.
생존방식

다양한 사람이 모인 만큼 이곳에서는 이야기의 양상도 복잡하다. 흔히 산전수전 겪었다고 하는 사람들은 그럴듯한 경험담을 늘어놓는다. 담 밖에서도 쉽게 볼 수 있는 부류다. 일종의 자기 과시를 위한 수단이라 생각하는 것 같다. 특히 이곳에 오래 있었거나 자주 드나든 사람일수록 목소리가 크다. 입담은 어디를 가도 뒤지지 않을 만큼 화려하다.

하지만 빈 수레가 요란하다고 했듯이 말을 앞세우는 사람일수록 실속이 없음을 알게 된다. 포장이 그럴싸하여 기대했지만 알고 보면 속 빈 강정이다. 그래도 분위기를 이끌어가는 데는 소질이 있다. 영웅담이 재미있지만 허탈함을 주듯 그들의 허풍 또한 약간의 즐거움을 제공한다. 반복되는 일상에서 분위기를 쇄신해보려는 노력쯤으로 여겨도 무방하다.

옛날부터 없는 사람이 살기에는 겨울보다 여름이 낫다고 했다. 하지만 이곳 사람들은 여름보다 겨울을 더 좋아한다. 이유는 사람의 온기가 필요하기 때문이다. 죄수들이 수용된 방에는 따로 난방시설이 없다. 다만 복도에 온수 스팀 방열기 한 대가 고작이다. 그러니 담요 한 장으로 혹한을 견뎌야 한다. 그것만으로 부족할 때 옆 사람의 온기가 큰 도움이 된다. 좁은 방에 다닥다닥 붙어 자다 보면 사람의 온기로 추위를 이길 수 있다. 사람의 존재가 고마운 계절이다.

하지만 여름은 어떤가. 더위를 가시게 할 거라곤 천장에서 털털거리며 돌아가는 오래된 선풍기 한 대가 전부다. 눅눅한 방안과 작은 창문은 열기를 끓어오르게 한다. 사람의 몸에서 나오는 열기까지 합세하면 누군가 살짝 스치기만 해도 신경이 예민해진다. 모로 누워 칼잠을 자야 하는 좁은 잠자리에서 옆 사람은 단지 열 덩어리로 느껴진다. 더위는 옆 사람에 대한 증오를 부추긴다. 물론 여름이 모두 나쁘기만 한 건 아니다. 나름대로 좋은 점도 있다. 자주 씻을 수 있다는 것, 씻고 나면 사람들이 조금 온순해지는 장점이 있다.

이야기가 시작되면 핏대를 올리면서 열변을 토하는 이들이 있다. 그럴 때 나처럼 경험이 부족하면 듣기에 열중한다. 날씨 이야기도 빠지지 않는다. 여름에는 가까이에 있는 사람을 미워할 수밖에 없는 사실에 대해서 그들은 말한다. 그런데 그

미움의 원인이 상대방 잘못이 아니라 존재 그 자체 때문이라는 것이기에 난감하다. 더위로 인해 가까이 있는 사람을 적대시해야 한다는 건 슬프지만 현실이다.

상대방의 입장은 또 어떤가. 단지 옆 사람과 가까이 있다는 것만으로 미움을 받고 있으니 불행한 일이다. 그런데도 증오의 감정과 대상이 쉽게 사라지지 않는 걸 보면 본능과 감정이 우선한 사람들이 얼마나 위험한지를 알 수 있다. 그러므로 여름은 이성이 절실히 요구되는 계절이다.

이곳은 형평성에 맞는 합리적인 규칙보다 경험자의 행동을 따라 하게 된다. 경험이 없는 사람은 두려워 함부로 행동하려고 하지 않는다. 먼저 경험했던 이들의 행동을 통해 배우기에 속도가 늦다. 조심한다고 해도 그들의 눈에는 서툴게 보일 수밖에 없다. 그 때문에 나도 많은 시행착오를 겪었다. 하나하나 배워가는 과정이 결코 쉽지 않았다.

그때 내가 선택한 건 변명보다 침묵이었다. 나름의 생존방식이다. 어느 책에서 읽었듯이 침묵은 오해보다 동의에 가깝다. 여러 사람에게 나름대로 해석할 수 있는 여지를 주기 때문이다. 하지만 때로 침묵은 비겁함과 통한다는 걸 안다. 그렇지만 선택의 여지가 없다는 게 답답한 일이기도 하다.

365일,
교도소를 읽다

내가 이곳에서 느낀 건, 누군가 이곳 상황에 대해 자세히 설명해 주었으면 하는 것이다. 먼저 설명을 하고 난 뒤에 잘잘못을 따진다면 좋을 텐데 누구도 자세하게 알려 주는 사람이 없다. 단지 알아서 눈치껏 행동하라는 암묵적인 압박만이 있을 뿐이다. 이게 혼거방의 실상이다.

2010.9.23.

31.
면회와 사람들

　창밖으로 시선을 돌리자 높은 벽 너머로 흐릿한 한라산이 보인다. 구름 모자를 쓰고 있어 산등성이가 선명하지 않지만 단조로운 풍경을 상쇄해준다. 아주 사소한 것이라도 나와 연결하고 싶은 마음이 생겨선지 담 밖에 영묘한 산이 있다는 건 적잖은 위안이 된다.

　한라산과 무언의 대화를 하고 있는데 '554번 면회'라는 교도관의 외침이 들린다. 이제는 귀에 감기는, 내 이름보다 익숙해진 번호다. 이름은 한 사람의 존재를 인정하는 것이라고 누군가 그랬던가. 이름에는 감성이 있고 살아온 세월이 농축되어 있다. 하지만 554번이라는 수인번호에는 형식과 냉정함이 들어 있다. 예외는 있다. 면회를 알리는 이때만큼은 따뜻하게 들린다. 나는 서둘러 교도관을 따라나선다.

　누가 왔는지 미처 확인도 못 하고 면회실 의자에 앉는다. 곧이어 맞은편 문이 열리며 사람들이 들어온다. 그들 중 한 사람이 눈에 확 띈다. 나는 그를 멍하니 바라본다. 몇 번 본적이 있는 F 도의원이다. 찾아올 거라 전혀 생각을 못 한 탓에 놀란 마음이 쉬 가라앉지 않는다. 친구 G도 반갑기 그지없다. 그와의 깊은 우정이 새삼 소중하게 생각된다. 그리고 셋째 형님을 비롯하여 많은 사람이 찾아왔다. 아마도 추석을 지내며 마음에 걸렸던 것 같다. 오랜만에 뵙는 분들이라 반가움과 동시에 근황이 궁금하다.

한 분 한 분께 안부 인사를 하며 재판 상황을 물어본다. Y 사장이 L 변호사와 부산에 있는 변호사의 재판 준비 상황을 말해준다. 그러나 내가 생각했던 것과 좀 다르다. 그에게 내 마음을 다시 전달한다. Y 사장도 내 마음을 이해해주리라 믿기에 그에게 부탁한다. 한편으로는 나를 위해 애쓰는 게 미안해서 고개를 들지 못하겠다. 다른 사람은 사건의 내막을 모르니 어쩌겠는가. 지금은 나에 대해 어느 정도 알고, 지척에서 도와줄 수 있는 사람이 필요하다. 고생하는 김에 조금만 더 고생해주기를 바랄 뿐이다.

F 도의원에게 조금의 관심을 보였을 뿐인데 이곳까지 찾아준 게 고맙다. 그리고 같이 온 고향 친구 역시 자주 찾아줘서 나와의 인연이 남다름을 느낀다. 오늘은 사람의 정이 마

음을 푸근하게 만든다. 하지만 면회 시간이 결코 자유로운
건 아니다.

면회는 극도로 예민한 상태에서 진행된다. 교도관이 면회
상황을 지켜보며 일일이 기록하고 있기 때문이다. 그러니 꼭
해야 할 이야기를 할 수도 없을뿐더러 말도 가려서 해야 한
다. 요주의 인물을 찾기 위한 교도관의 매서운 눈초리가 면회
자들을 훑고 지나가는 게 느껴지면 뒷목이 뻐근하다. 결국 중
요한 이야기는 못 하고 만다. 아쉬움이 남는 면회다.

그래도 긴 휴일 다음에 맞는 면회라 울림은 크다. 마음이
들떠 있어서 혹시 실수라도 하지 않았는지 되짚어 본다. 오히
려 밖에서는 재판 과정에 관심을 쏟고 있는데 내가 할 수 있
는 게 없어서 속상하다. 재판은 L 변호사를 믿을 수밖에 없
다. 하지만 여전히 초조하다. 불안한 마음을 떨쳐 버리기 힘
들다.

면회가 끝나고 방에 들어와 부산한 마음을 정리해본다. 창
밖에는 여전히 한라산이 구름에 가려진 채 흐릿하다. 진실은
이와 같을 것이다. 허상에 가려져 있는 것, 하지만 진실이 베
일에 가려져 있더라도 본질은 사라지지 않는다. 그러므로 진
실은 변하지 않는다.

2010.9.24.

365일,
교도소를 읽다

32.
밥 짓는 소리

부드러운 것에서는

따뜻한 냄새가 난다

찰진 밥알에

하얗게 익은 햇살이 반짝인다

한 숟가락 크게 물면

온몸으로 퍼지는 인정과 너그러움

밥을 가만 들여다보면

둥그런 밥상이 보이고

도란도란 말소리가 들리고

어머니의 거친 손도 보인다

세상에서 가장 거룩한 맛

햇살이 씹히고 바람이 혀에 감돌고

흙냄새가 목으로 스며든다

따뜻한 밥 한 공기에

우주가 들어있다

새벽에 일어나니 어김없이 옆 건물에서 아침 짓는 소리가 들려온다. 문득 이곳에 있는 사람에게 다 제공하려면 얼마나 많은 음식을 준비해야 할까 궁금해진다. 아마도 양이 많아 일하는 사람들의 수고가 만만찮을 것이다.

　생각해보니 그들에게 고맙다고 말해본 적이 없다. 그저 주는 밥을 먹으며 당연한 권리라 여겼다. 부식 소비량도 만만치 않겠다. 이곳에 갇혀있는 사람 수가 700명 정도라고 하니 나로서는 가늠도 안 된다. 그런데도 그들의 수고를 당연하게 여겼다. 때로는 반찬이 영 아니라고 투덜거렸는데 새삼 반성하게 된다.

　귀를 기울이면 기계 움직이는 소리가 들린다. 밥솥에서 나는 스팀 소리인지 아니면 다른 소리인지는 알 수 없다. 그저 아침을 준비하기 위해 부지런히 움직이는 소리라 여길 뿐이다. 듣기 싫은 소음이 아니라 어머니가 밥 짓는 소리처럼 들려서 정겹다.

　세상에 존재하는 많은 소리 중 밥 짓는 소리만큼 듣기 좋은 게 있을까. 예전 가마솥에서 밥을 지을 때는 아궁이에 불을 땠다. 마른 나뭇가지나 솔가리, 또는 장작으로 불을 피우면 타닥타닥, 리드미컬하게 잉걸불이 아궁이를 채웠다. 가마솥에서는 밥물이 끓어오르고 그때 솔솔 피어나던 따뜻하고 아늑한 냄새.

부엌을 들여다보면 어머니는 밥을 뒤적이고 조물조물 반찬을 만들고 계셨다. 침을 꼴깍 삼키며 어머니의 밥상을 기다리는 동안의 행복했던 기억은 오랜 세월이 지난 지금도 또렷하다. 밥상이 차려지기까지의 온갖 소리와 밥 냄새는 지친 영혼을 달래주기도 했다. 내가 매일 창가에 서서 밥 짓는 소리에 귀를 기울이는 건, 아늑함을 지향하는 본능 때문인지도 모르겠다. 내 안에 남아 있는 따뜻한 기억이 자연스레 꿈틀거리는지도….

이곳에서는 밤중에 움직임을 최대한 자제해야 한다. 걸을 때도 고양이 걸음을 해야 하고 특히 화장실 문은 살며시 여는 게 예의다. 볼일을 보고 난 뒤에도 최대한 조용히 물을 내려야 한다. 나올 때도 마찬가지로 조심스럽게 움직인다. 다른 사람이 편하게 잘 수 있도록 배려하는 건 따지고 보면 스스로를 위해서다. 그러나 예외인 소리가 있으니 주방에서 나는 소리와 귀뚜라미 울음소리다. 어찌 보면 다 똑같은 소음인데도 받아들이기에 따라 소음이 되기도 하고 정겨운 소리가 되기도 한다.

칠흑 같은 어둠이 서서히 걷히고 있다. 감방장은 새벽기도를 마치고 다시 잠을 청하려 한다. 한두 사람은 눈을 감고 새벽 명상에 빠져있는 듯하다. 나와 머리를 마주한 채 자는 H는 날짜 지난 신문을 보고 있다. 여전히 세상에는 여러 가지 사건들이 일어나고 있을 것이다. 신문을 보지 않아도 짐작할 수 있다. 바깥소식이 좀 더 활기차고 기쁜 것이면 좋겠다. 바깥세상에서 우울한 소식이 들려오면 나와 관계없는 일이라도 기분이 좋지 않다. 신문 뒤적거리는 소리에 내 생각도 신문의 뉴스를 따라간다.

새벽은 하루 중 사색에 잠기기 가장 좋은 시간이다. 화장실 입구에 자리한 조선족 청년도 일어나지 않고 눈만 껌뻑이고 있는 거로 봐서 생각이 많은 모양이다. 그는 고민을 속 시원하게 표현할 수 없으니 그 심정이 오죽할까 싶어 안타깝다.

여전히 주방에서는 다양한 소리가 들려온다. 밥이 맛있든 맛없든 오늘은 밥상 앞에서 그들의 수고를 생각해봐야겠다. 그리고 경건한 마음으로 수저를 들어야겠다.

2010.9.25.

33.
다툼과 시빗거리

교도소에 갇혀 있는 동안 자주 목격하는 것 중 하나가 바로 다툼이다. 좁은 공간에서 서로 부대끼다 보면 하찮은 것도 시빗거리가 되곤 한다. 그리고 그게 다툼으로 이어지는 일이 비일비재하다. 처음에는 불안한 마음도 있었지만, 어느 정도 적응하다 보니 객관적인 눈으로 바라볼 수 있게 되었다

다툼의 가장 큰 원인은 상대에게 강해 보이려는데 있다. 호락호락하지 않다는 걸 강조하거나 기죽지 않기 위해서다. 상대를 제압하기 위해 어느 정도의 싸움은 필요하다는 사고방식이 팽배한 것도 문제다. 폭력이 난무한 세상이니 교도소라고 예외일까. 가끔 다툼은 폭력 직전 상황까지 간다. 다행인 것은 폭력으로 이어지기 전 대부분 끝이 난다. 그들은 다투면서도 뒤에 일어날 일을 생각한다. 그렇지 않고 자기 기분대로 저지르고 나면 둘 다 큰 손해를 보기 때문이다. 마무리가 잘되면 비폭력적인 방법을 통해 해결하기도 한다. 하지만 이건

상책은 못되고 중책에 속한다고 할 수 있다.

상책은 다툼에서 잘지는 것이다. 강물이 낮은 데로 흘러 결국 바다에 이르는 원리다. 쉽게 지는 것 같은데 이기는 이른바 싸움 기술의 변증법(辨證法)이라 하겠다. 사실 진다는 건 쉽지 않다. 이기기보다 더 어려울 수도 있다. 마음이 유해야 하고 지성을 갖춰야 한다. 감정에 휘둘리기 쉬운 인간이 분노를 다스리는 일이 어디 쉽겠는가.

더구나 지면서 이길 수 있으려면 경우에 어긋나지 않고 도리에 밝아야 한다. 당당하고 떳떳하면 조급하게 자신의 정당성을 입증할 필요도 없다. 옆에서 보는 사람은 물론이고 이긴 듯 의기양양하던 상대방도 수긍할 수밖에 없어서다. 지는 자가 곧 완벽한 승리자가 된다.

그러나 이 모든 것들을 제치고 가장 현명한 건 싸우지 않는 것이다. 그다음이 잘지는 것, 그다음이 작게 싸우는 것, 그리고 이기든 지든 큰 싸움은 하책에 속한다. 이것은 물론 징역살이에서 싸움에 휘말렸을 때의 이야기다.

오늘도 다툼이 일어났다. 조용히 보내고 싶은 날이었는데 기대가 깨져서 언짢았다. 징후가 있었을 때 나는 화장실에서 씻고 있던 터라 원인은 잘 모른다. 대충 상황으로 봐서 저녁 식사를 마치고 설거지할 때 누군가가 주워들은 이야기를 다른 사람에게 전달하는 과정에서 벌어진 다툼으로 보였다.

싸움의 당사자는 M과 J였다. 그들은 서로 열을 올리며 자기주장을 펼쳤다. 점차 목소리는 커지고 욕설이 오갔다. 주위에서 말렸지만 소용없었다. 때문에 한바탕 소동이 일었다. 한참을 그러다 서로 지쳤는지 기세가 수그러들었다. 싸움이 끝났지만 마음이 편치 않았다. 아무리 갇혀 있는 신세라고 하지만 나이가 많은 사람에게 어린 사람이 하는 행동이 심해 보였기 때문이다. 두 사람이 어떻게 화해를 할까 지켜보고 있는 동안 방 안 분위기는 썰렁했다.

그런 기류를 느꼈는지 나이 어린 사람이 먼저 다가가 화해를 청하고 나서야 상황이 종료되었다. 만약 어린 사람이 끝까지 고집을 피웠더라면 그들에게는 앙금이 남았을 것이다. 언제 그랬냐는 듯 두 사람이 대화를 나누는 걸 보니 안심이다. 그들을 통해 나는 또 배운다. 나이가 들었다고 해서 거들먹거려서도 안 되고, 특히 나이 들어 올 곳은 아니라는 걸 뼈저리게 느낀다.

다툼은 의견이 충돌하거나 서로의 인격을 무시했을 때 일어난다. 또한, 당사자들만의 문제가 아니다. 여러 사람이 지내는

곳이라 방 분위기에 많은 영향을 미친다. 오해가 아닌 이해가
필요한 건 교도소에서도 마찬가지다.

2010.9.26.

34.
가을이 왔다

까치밥까지 남김없이 털린 감나무는

바람이 불 때마다 조금씩 야위어간다

잠시 흔들렸을 뿐인데

허한 가슴을 달랠 길 없다고

감나무는 살래살래 고개를 흔든다

저 푸른 하늘을 품고도

노란 빈혈에 자꾸 엎어지는 가을

벌겋게 토해놓은 풍경의 그림자에

등이 시린 가을

빈 감나무 가지 끝에 맴도는

발그레한 가을의 문장을 보며

비로소 내 가슴에 노을이 차기 시작한다

아무래도 외롭다는 말만은 말아야겠다

백여 미터에 있던 가을이 오늘 보니 바로 코앞에 와 있다. 가을도 밖에서와 안에서의 느낌이 현저히 다르다. 밖에서는 단풍 든 나무나 낙엽 지는 거리, 바다 위에서 숨바꼭질하는 구름을 보고 계절을 느꼈는데 여기서는 마음 상태가 가을을 알려준다. 계절이 달라졌다고 해서 딱히 손에 잡히는 물질과 현상이 없다 보니 공허함도 함께 찾아온다. 흡사 뼈만 남은 노인처럼 가을이 앙상하다. 부질없이 빛바랜 과거의 영광만이 깊어가는 계절을 노래한다.

　생각은 점점 많아지는데 제대로 된 사색이 아닌 사념에 머물고 만다. 그때그때 부딪혀오는 잡념, 잡사의 범위를 넘지 못하고 있다. 하지만 그런 생각 또한 나를 새롭게 만들어가는 재창조의 과정이라 여기며 위안을 삼는다. 최선을 다하지 못했다는 사실만큼 뼈아픈 것은 없다.

　사람들이 보편적으로 느끼는 공통된 감정이 후회다. 무언가를 꼭 남기지 못하더라도 온몸을 던져 어떤 것에 심취했다면 홀가분하게 육신을 털고 떠날 수 있겠다고 생각한다. 나는 과연 그럴 수 있을까. 생의 끝에서 온 힘을 다했다고 미소 지을 수 있을 것인지 나에게 질문한다.

　이제 방 안에서 느끼는 가을밤이 더 길고 춥게 느껴질 거라는 걸 안다. 그게 육체에 한정된 것만이 아니라는 것도 안다. 갇혀 지내는 사람은 풍요보다는 궁핍에, 기쁨보다는 슬픔에 더 예민하다. 이곳에서의 절제된 삶이 빈약한 추수에도 아랑곳없이 자신을 간추려보는 용기의 원천이 되어주기만을 바랄 뿐이다.

가을이면 사람들은 낙엽을 긁어모아 불사르고 그 재를 다시 나무에 되돌려준다. 이것은 새로운 나무의 식목이 아니라 이미 있는 나무를 북돋우는 시비(施肥)일 것이다. 마찬가지로 이곳 생활에서 일련의 일들이 그냥 사라지는 게 아니라 나를 숙성시키는 밑거름이 되기를 염원한다.

가을의 사색도 이와 같아서 그것은 새로운 것을 획득하려는 욕심이 아니라 이미 알고 있는 것들을 다짐하고 챙기는 약속의 이행이다. 이 평범한 일상의 약속들이 충분히 거름이 되어 새싹을 틔운다면 비로소 내가 원하는 답을 얻을 수 있다. 말보다 실천하는 일, 내가 추구하는 삶이다. 구슬이 서 말이라도 꿰어야 보배다.

나를 재창조할 수 있는 사색에 이르렀다 해도 곧 잊어버린다면 흘러가는 생각에 불과할 뿐이다. 사색이 열매를 맺을 수 있는 환경을 조성해야 한다. 밑거름을 야무지게 뿌린 뒤 씨앗을 심어야 하는 것과 같다. 가을은 기착지(寄着地)일 뿐이다. 아직은 추수할 것이 없다는 사실이 나를 조바심 나게 하지만, 계절은 다시 돌아온다. 추수할 것이 없다고 발을 동동 구를 게 아니라 씨를 뿌릴 봄을 대비하자고 나를 다독인다.

가을이 더 공허하게 느껴지는 건 조급한 욕심이 만들어놓은 허상일지도 모른다. 혹시나 놓치고 있는 것은 없는지 샅샅이 살펴보는 조용한 추수였으면 한다. 가을밤은 인간에게만 메시지를 던지는 게 아닌 모양이다. 달빛도 뒤척이고, 풀벌레 울음소리에도 고저장단(高低長短)이 서려있다.

가을은 바람과 달빛마저 방황하게 만드는 오묘한 계절이다.

2010.9.27.

35.
종이 달

별이 사라졌다. 밋밋한 하늘에 생명을 불어넣던 별들이 며칠째 하나도 보이지 않는다. 단체로 마실이라도 간 것일까. 어둠만 기웃거리고 있으니 주위 사물들에 생동감이 없다. 울적해서 흰 종이를 잘라 창살에 매달아 두었다. 반달 모양의 가짜 달이다.

일본에서는 한때 '종이 달'이 유행한 적이 있었다. 사진관에서 종이로 달 모형을 만들어놓고 그걸 배경으로 사람들에게 사진을 찍어 주기도 했던 모양이다. 그 후 '종이 달'은 가족이나 연인 등 좋은 사람들과 함께한 시절을 그리워하는 의미가 되었다고 한다.

내가 창문에 달을 매단 것도 절실한 마음의 표현이다. 그 속에는 정다운 이들과 함께할 수 없는 안타까움이 담겼다. 가짜 달이 전등 불빛을 받아 반사되면 진짠 줄 알고 깜빡 속기도 한다. 한밤중 자다가 담 밖이 그리워 창문 쪽을 바라보면 영락없이 환한 달이 방안을 내려다보고 있다. 그럴 때면 어느 덧 내 마음도 보고 싶은 사람들에게 가닿는다.

어제 오후에 만난 L 변호사는 피곤해 보였다. 대상포진을 앓았는데 낫고 난 뒤에도 피로가 여전해 결국, 종합검진을 받 았다고 했다. 별일 없으리라 믿지만, 결과가 어떻게 나올지에 대한 걱정을 떨칠 수 없다. 그는 차분한 성격에 예리함과 통찰력이 남다르다. 또한 성실함으로 사람들에게 믿음과 신뢰를 준다. 나와 인연을 맺은 지도 5년째다. 처음 만났을 때 열정적이던 모습이 지금껏 이어지고 있다.

갑자기 바람이 분다. 바람 세기가 심상찮아 창 쪽을 바라봤더니 허전하다. 바람이 종이 달을 데리고 어디론가 사라져버렸다. 바람은 내 마음을 읽고 있었던가 보다. 그래서 갇혀 있는 나를 대신하여 그리운 이들에게로 날아간 건 아닐까. 부질없는 생각이지만 절절한 외로움이 누군가에게로 가닿기를 바란다.

밤하늘을 이불 삼고 땅을 침대 삼아 보내던 어린 시절이 있었다. 그때는 하늘에서 은하수가 쏟아져 내렸고, 귀뚜라미나 여치 같은 풀벌레는 물론 반딧불이도 밤을 밝히는 데 한몫했다. 천지 분간을 못 하고 뛰어다녔는데 오늘 새삼 그때가 그립다. 그뿐인가. 세상이 온통 궁금함으로 가득 찼던 어린 시절부터 청소년기, 청년기를 거쳐 장년기까지 내게 영향을 준 사람들이 생각난다. 그리고 그들의 삶이 궁금하다.

아내 얼굴을 못 본 지도 일주일이 다 됐다. 그리움이 깊어진 걸 보면 오늘은 찾아오지 않을까 사뭇 기대된다. 나 때문에 마음고생을 많이 한 사람이다. 그나마 해녀 일을 배워서 동네 아주머니들과 어울려 지낸다고 하니 한결 맘이 놓인다. 아내를 생각하면 그저 미안함과 고마움밖에는 달리 표현할 말이 없다.

면회할 때마다 아내의 얼굴 보기가 미안했다. 뒤늦게야 그 마음을 헤아리는 나를 원망하지는 않을까 하는 두려움도 있었다. 거친 손을 잡고 도닥거려주고 싶었다. 하지만 교도소에서 할 수 있는 건 멋쩍은 웃음뿐이었다. 목숨처럼 소중하니 잘 지내라는 무언의 메시지를 아내가 알아차렸으면 하고 바랐다.

이곳에서 가장 많이 느끼는 게 아내에 대한 고마움이다. 자유의 몸이 되면 내가 할 수 있는 모든 걸 하리라 마음먹는다. 종이 달이 사라진 창밖을 향해 아내 이름을 가만가만 부른다. 하지만 아무리 불러도 독백은 허공에 부딪혔다가 적막과 침묵이 되어 돌아온다. 공간을 향해 뱉어 놓은 그리움을 어둠이 덥석 삼켜버린다. 종이 달이 사라진 창문에 나의 속울음만이 바람 속에 흩어진다.

2010.9.28.

제6부

포승줄

36.
포승줄

나는 출정(出廷) 준비를 마쳤지만 초조함을 감추지 못하고 있다. 태연한 척해보려 애써도 소변이 마려운 건 긴장하고 있다는 증거다. 재판 결과에 따라 앞날의 행보가 달려있으니 평정심을 갖기 쉽지 않다.

교도관은 모두에게 수갑을 채우고 포승줄로 손과 몸통을 감아 묶는다. 그리고 다시 세 사람씩 포승줄로 연결한다. '굴비 두름'이라 불리는 연승이다. 이렇게 줄줄이 엮인 죄수들이 버스에 오른다.

<본문 중에서>

방 분위기가 여느 때와 다르다. 숙연한 가운데 긴장감이 돈다. 재판이 있는 날이기 때문이다. 재판받을 사람은 나와 J 씨다. 오늘 같은 날은 누가 말하지 않아도 서로 조심하는 게 보인다. 아침 점검을 준비하는 데도 차분하다. 청소를 할 때도 부산스럽지 않게 조용하다. 평상시에는 빗자루로 방안을 쓸었는데 오늘은 걸레로 닦기만 한다.

식사 시간에도 징크스를 피하고자 애쓴다. 밥을 비벼 먹거나 말아서 먹지 않는다. 어쩌다 나오는 달걀 반찬마저도 멀리하는 것 중 하나다. 재판받을 사람에 대한 배려가 숨어 있다. 이렇게 누구나 할 것 없이 재판 있는 날에는 서로가 조심한다. 그래도 당사자는 예민해질 수밖에 없다. 상상으로 머릿속이 복잡해진다. 잘못되면 어쩌나 하는 걱정도 따라다닌다.

나는 출정(出廷) 준비를 마쳤지만 초조함을 감추지 못하고 있다. 태연한 척해보려 애써도 소변이 마려운 건 긴장하고 있다는 증거다. 재판 결과에 따라 앞날의 행보가 달려있으니 평정심을 갖기 쉽지 않다.

오늘 법원으로 갈 버스에 탈 미결수는 스물두 명이다. 교도관은 모두에게 수갑을 채우고 포승줄로 손과 몸통을 감아 묶는다. 그중 파란 포승줄에 묶인 사람은 여덟 명이다. 파란 포승줄은 중죄를 지은 사람이나 요시찰(要視察)인물을 결박하는 줄이고 일반 죄수들은 하얀색으로 묶는다. 그리고 다시 세 사람씩 포승줄로 연결한다. '굴비 두름'이라 불리는 연승이다. 이렇게 줄줄이 엮인 죄수들이 버스에 오른다.

버스가 출발하자 시선은 자연스럽게 창문 너머로 향한다. 차창 밖으로 보이는 풍경이 새롭다. 8월 13일에 보고 47일 만에 접하는 바깥세상이라 사소한 것에도 눈길이 간다. 버스는 우리 마음과는 달리 한눈팔지 않고 법원으로 향한다. 예전에 출퇴근할 때 이용했던 도로라 익숙한데도 기분만은 한없이 낯설고 생경하다.

생각이 파도를 타는 사이, 버스는 법원 청사로 들어선다. 줄을 지어 버스에서 내리면 법정으로 가기 위한 절차를 밟는다. 그리고 검찰청 안으로 들어가 지하로 내려간 다음, 인원 점검을 받고 지하복도를 따라 법원 청사로 향한다. 법원 건물 2층 대기실에서 다시 재판받을 장소 배정을 받는다.

오늘은 스물두 명 중, 열아홉 명이 201호 법정에서 재판을 받는다. 나머지 세 사람은 다른 법정에서 받는다고 한다. 이런 절차는 어느 정도 익숙해졌다. 그러나 묶여 있는 내 모습에 걷잡을 수 없이 마음이 가라앉는다. 재판을 시작하려면

40분 정도 남아있다. 그사이 교도관의 설명을 듣고, 물을 마시거나 화장실도 다녀온다. 대기할 때는 포승줄과 세 사람씩 묶은 줄을 교도관이 풀어준다. 수갑만 찬 채 자신의 차례를 기다린다.

재판 시작을 알리면 선고(宣告)를 받는 자부터 순서대로 법정에 들어선다. 선고받는 자가 일곱 명이나 되는데도 진행은 빠르다. 다음은 심리재판이 열린다. 열두 명은 숨죽인 채 기다리고 있다. 교도관이 맨 먼저 나를 호출한다. 수갑을 풀어주는 교도관의 손놀림이 빠르다.

법정에 들어선 순간, 기분이 묘하다. 나는 재판장을 향해 묵례하고 사전에 지시받은 대로 변호인석 옆 피고인석에 선다. 생년월일과 주소를 물으면 자세를 바르게 하고 또박또박 답한다. 앉으라는 말이 떨어지면 조심스레 앉는다. 비로소 고개를 들어 방청석을 둘러본다. 아는 사람이 보이지 않는다. 혹시나 하고 다시 찬찬히 봐도 마찬가지다. 머릿속이 복잡해지고 걱정이 앞선다.

검찰 측 항소이유서 낭독이 끝나고 L변호사는 내가 항소한 이유에 관해 설명한다. 나를 대변하는 그의 목소리가 가슴을 파고든다. 지금까지 있었던 일들이 스쳐 지나가면서 감정이 복받쳐 오른다. 울음이 터질 것 같아 고개를 숙이고 발끝만 쳐다본다. 그의 말 한 마디 한 마디는 차분하면서 조리 있다. 마치 나를 수호하는 전사 같다.

부산에서 내려온 변호사의 항소 이유에 대한 부연설명이 간략히 이어진다. 그리고 증인 신청과 속행신청도 덧붙인다. 재판장이 이를 받아들여 10월 20일 결심재판을 할 거라 설명한다. 빠르게 진행되는 재판인데도 변호사는 정확하게 할 말을 다 하고 요구사항까지 관철시킨다.

재판장이 퇴장하라는 지시에 따라 좌석에서 일어나 방청석을 둘러본다. 언제 들어왔는지 아까는 보이지 않던 낯익은 얼굴들이 보인다. 재판장을 향해 허리를 깊이 숙여 절을 하고 방청석을 뒤로한 채 대기실로 향한다. 한편으로는 홀가분하다. 하지만 다시 긴 기다림을 위한 시작점에 서 있는 기분이다.

대기실에 도착한 후, 우선 물 한잔으로 목부터 축인다. 손에는 다시 수갑이 채워지고 포승줄에 묶인다. 내 심리는 끝났지만 다른 사람의 심리가 남아 있어 한참 기다려야 한다. 얼마나 지났을까. 일어서라는 교도관의 목소리가 들린다. 우리는 왔던 길을 되돌아서 법정을 나온다.

쨍쨍한 가을 햇볕이 와락 달려드니 눈이 부시다. 앞서가는 죄수의 모습이 초라해 보이는 건 햇볕 때문인가, 칙칙한 죄수복 때문인가. 혹시나 하는 마음에 주위를 둘러보지만, 아는 사람 이 보이지 않아 다행이다. 누군가 우릴 바라보고 있지 않길 바라며 버스가 있는 곳으로 향한다. 교도관의 지시에 따라 일사불란하게 버스에 오른다. 버스는 교도소를 향해 방향을 튼다.

버스 안의 웅성거림에도 아랑곳없이 나는 창밖을 주시한다. 다시 바깥세상을 보려면 20일을 기다려야 하기에 풍경을 놓치고 싶지 않다. 어느새 교도소 정문 앞이다. 법원으로 향할 때 굳어있던 표정이 조금씩 풀어진다. 다시 벽 안으로 스며드는 사람들 틈에 끼어 아무런 저항 없이 따라간다. 여러 개의 철문을 지나고 나서야 마음이 진정된다.

몸을 묶었던 줄이 풀리고 수갑마저 손목에서 벗어나니 홀가분하다. 교도관이 몸수색을 마치자 각자 방으로 들어간다. 이렇게 출정 있는 날은 긴장의 연속이지만 바깥바람을 쐴 수 있다는 게 위로가 되기도 한다. 방 안 사람들이 궁금함을 가득 담은 눈빛으로 반갑게 맞아준다. 특별한 하루가 저물어간다.

2010.9.29.

37.
희망의 동아줄

　침묵이 일상화된 이곳은 크게 말하는 게 암묵적으로 금지된다. 소란을 피우거나 소리를 질러 질서를 어지럽히면 그에 상응하는 벌이 주어진다. 그러다 보니 작은 소리로 말하는 게 보편화되어 있다. 아예 말하기를 꺼리는 사람이 있을 정도다. 그만큼 속이 답답해질 수밖에 없다. 그래서 점검 시간 때 감방장의 구령에 맞춰 번호를 크게 외친다. 공식적인 기회라 목청을 돋운다. 군기가 잡혔다고 생각하는지 교도관도 흡족해한다. 방 안 분위기도 덩달아 생기가 돈다.

　입을 다물고 있다가 소리를 내지르고 나면 속이 후련하다. 가슴에 쌓여 있던 뭔가가 터지는 기분이다. 또한, 세상을 향해 나 여기 살아있으니 잊지 말아 달라는 절규이기도 하다. 내 목소리가 유난히 컸는지 옆 사람들이 깜짝 놀란 표정으로 웃는다. 그들이 웃으니 기분이 좋다. 별것이 다 뿌듯하다.

　별로 웃을 일 없는 날들이지만 나는 어떤 계기를 만들어서라도 웃고 싶다. 이곳에서 잘 버티려면 긍정의 힘을 키워야 하기에 그렇다. 아무것도 하지 않고 세월에 나를 맡길 수는 없다. 몸과 마음의 건강을 위해 부단히 사유하고 나를 다독이는 일, 웃음을 만드는 것도 그중 하나다. 분위기가 침울할 때 누군가의 위트가 주는 힘은 크다.

아침을 먹고 난 뒤, 차분하게 어제 있었던 재판 과정을 다시 생각해 본다. 어떻게 진행될지, 부족한 면은 없었는지 걱정도 된다. L변호사가 상황 판단을 잘했는지도 궁금하다. 법정이 썰렁하지 않고 훈기가 돌았던 걸 생각하니 조금 안심이 된다. 하지만 여전히 마음 한구석에 도사리고 있는 걱정과 초조함을 쓸어내 버리기는 역부족이다. 다만 나를 위해 애써주는 사람들을 믿어보자고 나름대로 마음을 정리한다.

L변호사는 재판을 끝내고 서울로 올라갔다. 그와 재판 과정에 관해 이야기를 자세히 나누지 못한 게 못내 아쉽다. 결국, 또다시 남은 건 기다림이다. 지금은 L변호사가 희망의 동아줄이다. 그가 전해주는 소식에 기분이 좌우되니 어쩔 수 없다. 그래서 애인을 기다리듯 그를 기다린다. 크리스마스 선물을 학수고대하는 아이 같은 마음이 된다. 어떤 선물을 가져올지 설레기도 한다. 그에 대한 믿음이 내 마음을 조율한다.

오늘 같은 날은 노트를 더 가까이한다. 그리고 같이 재판받았던 옆 사람과 진지한 대화를 나눈다. 동병상련이라 서로 위안이 되기도 하고 상황을 객관적으로 해석할 수 있기 때문이다. 지금의 시간을 노트에 좀 더 자세히 남기고 싶은 욕심도 있다.

그림을 잘 그리는 재주가 없어 안타깝다. 누군가의 행동에서 생각을 읽고, 그걸 그림으로 표현할 수 있다면 좀 더 사실적인 현실을 반영할 수 있을 테니 말이다. 어떤 이는 캐리커처를 배워 방 사람들의 얼굴을 그려준다고 한다. 순간을 포착한 그림은 좀 더 많은 걸 표현할 수 있지 않을까. 하지만 내가 할 수 있는 건 현상을 글로 노트에 채워 넣는 일이다. 활자가 그들과 나를 이어주는 매개체다. 사람의 얼굴엔 고유한 표정이 있다. 맘속 고뇌가 얼굴에 나타날 때면 사진이라도 찍고 싶은 마음이 간절하다.

1심에서 4년 형을 선고받은 22살의 젊은이와 항소심에 대해 잠시 이야기를 나눈다. 재판관 앞에서 어떤 말을 해야 하는지 그리고 변호사를 선임할 때 유의할 점을 알려준다. 죄를 뉘우치고 새로운 사람으로 거듭나야 한다고 신신당부도 한다. 젊은이는 사실 나보다 선임이다. 그러나 이십 대 초반에 삶의 희로애락을 어찌 알 것인가. 인생이란 게 호락호락하지 않다는 것쯤이야 깨우쳤겠지만, 자신을 변호하는 일에는 서툴 수밖에 없다. 그가 가진 새파란 시간이 녹슬고 있는 것도 안타깝다. 흠부들한 그의 어깨를 다독여준다.

창틈으로 들어온 햇볕이 따스하다. 어디선가 낙엽 지는 소리가 들릴 것 같은 평화로운 가을날 오후다.

2010.9.29.

38.
독방 가던 날

아침 식사가 끝나고 난 뒤 관구 계장이 호출한다는 연락을 받았다. 무슨 일일까 궁금해하며 갔더니 며칠 전에 면담한 일이 잘될 것 같다고 한다. 아직 결정 난 게 아니니 기다리라는 말과 함께 조용히 지내라는 뜻을 내비친다. 몇 시간이 지난 뒤 다시 관구 계장의 호출을 받았다. 예상했던 대로다. 독방인 2상 8번방으로 전방 결정이 났다고 한다. 그 방이 제주교도소의 독방 중, 비교적 지내기 편한 곳이라고 덧붙인다. 교도관과 함께 방을 확인해 보니 괜찮다. 경치가 가장 좋은 방이라고 교도관이 귀띔한다. 나는 들뜬 마음을 가라앉히며 지내던 방으로 향한다.

점심과 운동을 마치고 난 뒤 오후에 옮기라고 하니 갑자기 바빠진다. 방 식구들과 둘러앉아 빵과 우유를 먹으며 소식을 전했다. 그들은 걱정스러워하며 잘 지내라는 덕담을 건넨다. 그동안 고운 정 미운 정이 들었던 탓에 섭섭하다. 독립적인 생활공간을 갖게 된다 생각하니 자유로울 것 같긴 한데, 혼자서 감당해야 할 몫에 대한 걱정도 앞선다.

방 안 사람들의 배웅을 뒤로하고 드디어 원하던 독방 2상 8번방으로 올라왔다. 2하는 1층이고 2상은 2층을 지칭한다. 방은 잠시 비워둔 것 같은데 수리한 흔적이 보인다. 필요한 생활용품은 교도관이 채워준다.

교도소에서 지낸 지 얼마 되지 않았는데 그새 짐이 늘어났다. 비우는 연습이 아직도 부족함을 깨닫는다. 물건을 정리하고 방 청소를 하는데 땀이 난다. 다 하고 나니 깔끔해 보여서 좋다. 이곳에서의 첫 저녁밥은 자유를 자축하는 의미 있는 밥이 되겠다. 방에 홀로 앉아 있으니 독방이란 게 실감 난다. 사람의 기척을 느낄 수 없는 방, 살아있는 시선이 아닌, 사방 벽의 무심한 눈길을 마주한다. 온전한 외로움 속에 갇힌 기분이다.

그래서인가. 독방은 벽이 더 가깝게 느껴진다. 벽에 등을 기댄다. 땀이 벽으로 흡수되고 벽의 냉기에 몸이 식는다. 이내 마음이 차분해진다. 평소 쓰지 않던 근육이 충격을 받았는지 뻐근하다.

시끄러운 고독에서 조용한 고독의 공간으로 들어오니 낯설다. 이제부터 내 속에 들어 있는 또 다른 나와 잘 지내야 하고 외로움도 현명하게 다스려야 한다. 원하는 대로 독방에 왔으니 이 공간을 잘 활용하고 헛되이 보내지 말자고 스스로에게 약속한다.

창문을 통해 볼 수 있는 바깥 풍경에 반해 책보고 글 쓰는 것조차 잊어버린 채 멍하니 한참을 서 있었다. 2하 6번방에서는 전혀 접해보지 못했던 풍경이라 새롭다. 갑갑했던 마음이 바람에 씻긴 듯 환해진다. 좋은 일이 생길 것 같다. 한 줌의 자유가 이리도 소중하다. 소소한 일인데도 몸이 즉각 반응하고 있다. 숨쉬기가 한결 편안해 크게 들숨과 날숨을 반복해 본다.

화장실도 2하 6방에서 사용하던 곳보다 깨끗하다. 그러나 설거지며 청소 등은 직접 해야 한다. 이 정도쯤이야 못하겠는가. 창가에 기대어 밖을 바라본다. 한라산이 바로 눈앞으로 성큼 다가온다. 1층에서 바라봤을 때는 그저 산의 형체로만 존재했는데 이제는 산의 모습이 더 확연하게 보인다. 비로소 한라산이라는 생각이 든다.

이곳에서 맞이하게 될 노을과 달, 그리고 해는 어떤 그림으로 다가올지 기대된다. 이제는 까치발을 하지 않아도 바깥 풍경이 훤하게 들어온다. 자리만 바뀌었을 뿐인데 세상이 달라 보인다. 머지않아 다시 바깥세상으로 나가면 그것에 맞게 변모할 수 있겠냐 부질없는 생각도 해본다.

매일 한라산만 쳐다보다 할 일을 놓치는 일은 없어야 한다. 오히려 더 모범적인 생활을 해야 떳떳해질 수 있음을 안다. 이곳에서 무엇을 할 수 있을지 고민하느라 밤잠을 설치겠지만 이제 그런 고민에 익숙하다. 앞으로 해야 할 생각이 공중에 떠다닌다. 한 평 남짓한 공간은 넓진 않아도 스스로 인생을 논하기에는 충분하다.

2010.9.30.

39.
미결수 방

2010년 5월 20일은 일상의 평온함이 와장창 깨져버린 날이었다. 식당에서 나는 검거되었고 어리둥절해 하는 사람들의 시선을 뒤로한 채 자유를 박탈당했다. 검찰청으로 연행된 뒤 5시간 정도 조사를 받았다. 밤 10시경부터 시작된 조사는 21일인 새벽 3시까지 이어졌다. 그리고 교도소에 갇히게 된 건 5월 21일 새벽 3시가 넘은 시간이었다.

어둠이 나를 집어 삼켜버린 그 날, 전혀 예상치 못한 일이었기에 현실감을 잃어버린 얼굴은 멍했다. 죄수복을 갈아입던 일련의 과정들은 몸서리치는 기억으로 남아 있다. 그들은 옷을 벗게 하고는 온몸을 샅샅이 검사했다. 지문을 채취했고 수인번호를 가슴께에 들게 하고는 상반신 사진을 찍었다. 그런 절차를 거치는 동안 인간으로서의 인격 같은 건 없었다.

평범한 사람에서 죄인이 되던 순간, 아픔과 슬픔이 밀려왔다. 강한 수치심과 모멸감, 공포와 두려움도 엄습했다. 이성은 마비되었고 모든 것은 허무하게 무너져 내렸다. 그동안 몸부림치며 지켜왔던 것들과 빛나던 시간이 바닥에 떨어져 아무렇게나 굴러다녔다. 모든 게 끝나고 독방에 넣어졌을 때 핑, 눈물이 돌았다. 절해고도(絕海孤島)에 홀로 있는 기분이 그런 것이었을까. 그날 밤 나는 내가 누구인지, 왜 여기에 웅크리고 있는지를 수십 번 생각해야 했다. 교도소의 첫 밤은 그렇게 처절한 고독과 함께 시작되었다.

죄수들은 처음 이곳에 들어오게 되면 신입 방에서 며칠을 보내게 된다. 교도소에 적응시키는 과정이다. 그 후 여러 가지를 고려해 각 방으로 배치된다. 그러나 나는 전혀 그런 과정 없이 혼자 독방에 갇혔다. 21일 아침밥을 독방에서 먹고 교도관을 따라 배정된 곳이 2하 6번방이었다. 그곳에서 2일간 있다가 다시 여러 독방을 전전하였다.

그러는 동안 이곳 사정에 대해 전혀 알 길이 없었다. 장시간 검찰에서 조사를 받느라 아침에 나가면 밤늦게 돌아오기 일쑤였다. 당연히 저녁 식사를 놓친 적도 한두 번이 아니었다. 곁눈으로 흘끔흘끔 이곳을 훔쳐보긴 했지만, 일부분에 불과했다. 누가 가르쳐주는 게 아니라 간단한 규칙조차 몰라 헤맬 때가 많았다. 그때를 생각하면 지금도 등이 시리다.

검찰 조사가 마무리되어서야 면회가 허락되었다. 그렇게 며칠 지나고 난 뒤, 2하 6번방에 배정되었다. 처음 이 방에 갔을 때는 여덟 명이 있었다. 독방을 전전하며 한 바퀴를 돌고 다시 갔더니 젊은 사람이 들어와 있었다. 아이 아빠라고 했다. 나까지 열 명이 한방 식구가 되었다. 그러다 한사람이 집행유예로 나가고 또 한 사람이 들어왔다. 얼마 안 되어 다시 청년한 명이 집행유예로 풀려났다. 교도소 미결수가 지내는 방은 들고남이 많을 수밖에 없는 곳이다. 아직 형이 확정되지 않아 재판 결과에 따라 수시로 바뀌기 때문이다.

모든 심부름을 도맡아 하던 젊은이가 나가고 나자 잠시 방 안이 어수선했다. 최씨라는 성을 가진 아주 건방진 23살짜리 젊은이가 있었는데 대놓고 선임 행세를 했다. 우리는 새파란 젊은이의 눈치를 봐야 하는 어처구니없는 상황 앞에 놓이고 말았다. 그의 행동이 도를 넘어서자 모두 힘들어했다. 그로 인해 방 분위기를 망칠 수 없다고 생각한 감방장이 관구 계장에게 건의하기에 이르렀다. 조치가 취해져 그는 다른 방으로 옮겨갔다. 그제야 다시 모범적인 예전의 방 모습으로 돌아왔다고 모두 좋아했다.

다시 2하 6번방은 9명에서 식구가 한 명 더 늘어 10명이 되었다. 그러던 와중에 세 사람이 재판을 받고 기결수 방으로 전방을 가버렸다. 갑자기 세 명이 빠져버리자 공간이 느껴졌다. 조선족 젊은이와 두 사람이 더 들어와 합류했다. 다시 열 명이 되었고 2하 6번방은 쭉 열 명이 생활하게 되었다.

사람이 바뀌면서 방 분위기는 전만 못했다. 서로 이간질하는 상황이 자주 발생했다. 유독 한 사람 때문에 그런 일이 생겼다. 감정을 소비하는 일에 휩싸이고 싶지 않은 탓에 맘이 불편했다. 누군가의 눈치를 봐야 할 상황에 있으면 내가 중요하게 생각하는 걸 제대로 할 수 없겠다 싶었다. 몸 상태도 좋지 않아 독방을 신청하게 되었고 오늘 2상 8번방으로 오게 된 것이다.

짐을 다 정리하고 마음의 여유가 생긴 덕분에 밖을 내다보고 있다. 유리창을 통해 바라보는 세상이지만 꽉 막혀있지 않으니 마음마저 시원하다. 누가 알아주지 않을지언정 모범적인 생활을 해야겠다는 결의를 다진다. 모든 건 생각하기 나름이라고 했다. 이곳이 비록 교도소라 할지라도 생애 다시 오지 않을 시간이다. 그러니 모든 게 중요하다. 숨 쉬는 공기, 추위를 막아주는 벽, 가끔 창문을 기웃거리는 바람까지도 소중한 의미가 있음을 또 한 번 온몸으로 느낀다.

가을이 깊어 가는가. 거추장스러운 옷을 벗어버린 나무우
듬지가 깊은 명상에 빠져 있다.

2010.9.30.

40.
교도소 굴뚝

　새벽에 눈을 떴으나 사방이 고요하다. 부스럭거림도, 문을 여닫는 소리도, 물소리도 들리지 않는다. 이상하여 주위를 둘러본 뒤 내가 독방에 누워있음을 알아차렸다. 혼거 방처럼 부산함 없는 조용한 아침이 밝아오고 있었다.

　사실 어제는 늦게까지 잠을 이루지 못했다. 머릿속이 복잡해서였다. 앞으로 혼자 잘 헤쳐 나갈 수 있을지 걱정도 되고 모든 걸 스스로 해야 한다는 생각에 부담감도 컸다. 무슨 일이 있을 때면 서로 도와가며 문제를 해결하곤 했던 혼거 방이 살짝 그립기도 했다. 이런저런 생각에 뒤척이다 늦게 잠이 들었는데 다행히 몇 시간이지만 꿀잠을 잤다. 짐을 옮기느라 몸을 많이 움직여 피곤했던 모양이다.

　2하 6방에 있을 때처럼 이곳에서도 새벽에 눈이 떠진다. 지금은 습관이 되어 일찍 일어나는 데 익숙해졌다. 아침에 일찍 일어나면 기분이 상쾌하고 조용히 생각할 수 있어 좋다. 무의식적으로 이 시간을 기다리고 있었는지도 모른다.

사람의 생체 리듬은 밤에 잠을 자고 낮에 활동하는 데 맞춰져 있다. 그런데 현대사회에는 반대로 생활하는 사람들이 많아졌다. 어쩔 수 없는 시대적 변화라고 하지만 몸을 위해서는 좋지 않다. 아침은 특별한 기운이 작동하는 시간이다. 일찍 일어나는 사람들은 생생한 기운을 받는다. 저녁을 아무리 고단하게 보냈어도 다시 생기를 찾는 걸 보면 아침은 위대한 자연의 이치를 품고 있음이 분명하다.

밤새 걱정했던 일들도 날이 밝으면 자취를 감춘다. 아침은 고민마저도 생기 있게 만들고 구체적으로 생각하게 한다. 엊저녁 골몰히 생각했던 고민이 사라져버린 걸 보면 나도 아침의 기를 받는 것 같다. 저녁의 고민이 아침의 맑은 기운에 희석되어 살아있음에 대한 감사함으로 바뀌어 있다.

주방에서 분주히 움직이는 소리가 들린다. 귀뚜라미는 졸고 있는지 울음소리가 희미하게 간헐적으로 이어진다. 이곳에서 처음으로 맞는 아침은 느낌이 사뭇 다르다. 햇빛이 전달되는 물탱크만 바라보았던 2하 6번방에서보다 훨씬 더 시야가 넓다. 주변이 밝아옴에 따라 굴뚝도 자신의 모습을 드러낸다. 구름도 한결 선명해졌다. 하늘을 온전히 볼 수 있는 것에 나는 붕 뜬 기분이 된다.

이런 모습을 담 밖에 있는 사람들은 이해하기 쉽지 않을 것이다. 고개만 들면 보이고, 언제든 볼 수 있는 게 하늘인데 그깟 자연 따위에 감동하는 사람의 마음을 어찌 알겠는가. 늘 그곳에 있기에 소중하게 느껴지지 않는 건 하늘뿐만이 아니리라. 사람도 그렇고 물건도 그렇고 가족이며 친구도 그렇다. 나 역시 그랬다. 그저 주어진 것에 감사하지 못하며 살았다. 하늘을 맘대로 볼 수 있다는 걸 고맙게 여기지 못했던 지난 날들이 내 안에 있다. 사방이 벽으로 둘러싸인 작은 방에 갇힌 뒤에야 그 무한함과 광활함을 그리워하는 내가 부끄럽다.

오늘은 한라산이 어느 날보다 더 뚜렷하게 보인다. 아마도 전형적인 가을 날씨가 될 것 같다. 양 떼, 소 떼, 염소 떼들이 노니는 하늘의 정경은 가을의 상징이다. 이런 날씨에는 사람도 말도, 곡식도 토실토실 살이 오르겠다.

매일 올려봐야 했던 교도소 굴뚝과 물탱크도 이제는 나와 눈높이를 같이한다. 기결수 사동이 뚜렷하게 보이고 세탁실과 주방도 한눈에 들어온다. 날씨가 맑아진 덕분에 시야가 넓어졌다. 미결수 방중 제일 좋다는 말이 거짓말 같지는 않다.

아침마다 찾아오던 참새와 비둘기는 눈에 띄지 않는다. 당분간 못 볼 것 같아 섭섭하다. 그들을 불러들일 방법이 없나 생각하다 이내 마음을 접는다. 그들은 어디로든 갈 수 있는 날개를 가졌다. 둘러싸고 있는 벽도 그들을 통제할 수 없다. 나와는 다르다. 보고 싶다 하여 그들을 이 작은 방으로 끌어들이고 싶은 건 이기심일 뿐이다.

　이곳에서 보내는 가을, 10월은 아름다운 계절이다. 하늘은 어느 때보다 푸르고 바람도 감미롭다. 겨울이 오기 전, 가을과 아기자기한 숨바꼭질을 기대한다. 저 멀리 숨어있던 뭉게구름의 옷자락이 살짝 보인다.

2010.10.1.

41.
어머니와 감나무

누가 푸른 하늘에 저토록

빨간 물감을 칠해 놓았을까

뭉게구름을 어깨에 걸치고 있는

감나무 사이로 계절이 성큼성큼 지나간다

봄날 여린 잎들이 촐싹대며

뛰놀던 모습 생생하고

여름날 햇살에 뒤척이던

푸른 것들의 또록또록한 눈망울이 보인다

시간의 허물과 함께 이제는 좌선에 든 감나무

마지막 홍시까지 떨쳐내고서야

겨울을 온전히 받아들일 모양이다

감나무의 생에 어머니의 삶이 겹친다

뼈를 삭이고 시간을 눌러 마침내

생의 가시를 부드러운 살로 바꾼 숭고한 희생이

내 몸 억센 뼈 사이로 스며들고 있다

독방에서 처음 맞는 아침이다. 시간에 맞춰 점검 준비를 하고 있다. 여럿이서 준비를 하다 혼자 하려니 어딘지 모르게 어설프다. 2층에 있는 독방 인원 점검은 아래층보다 10분 먼저 한다. 조금 달라진 일상이다. 별것 아닌데 기분이 이상하다.

교도소 주변을 오래도록 바라본다. 날씨가 청명해 주변 사물이 또렷하다. 주방에서 새어 나오는 수증기마저 새롭게 보인다. 담 밖에서 이쪽을 건너다보는 소나무와 삼나무에도 말을 걸어본다. 늘 그 자리에서 넉넉한 풍경이 되어주고 있는 그것들이 오늘따라 더 소중하게 생각된다.

보이는 것 하나하나에 눈을 맞춘다. 바람에 살랑대는 이파리들이 날 향해 반갑다고 손짓한다. 새로운 얼굴이 나타났으니 그들로서는 호기심이 발동할 수도 있다. 그래서 자기들끼리 소곤대며 내 이야기를 하는 것 같다. 나를 환영해주는 것들이 이렇게 많다는 사실에 어깨를 으쓱한다.

2하 6번방에서는 고작해야 참새와 비둘기와의 만남이 전부였다. 그러나 이곳은 담 안의 풍경이 다채롭다. 환경은 사람을 변화시키는 게 틀림없다. 예전 같으면 훌륭한 경치를 보고도 시큰둥해했는데 나무 하나에도 호들갑을 떨고 있으니 말이다. 게다가 또 하나 발견한 게 있다. 바로 감나무다. 삼나무와 소나무 사이에 감나무가 있다는 것에 아, 하고 탄성을 지른다. 감나무에 감이 오종종 달려 있다. 크기가 작은 거로 봐서 토종이다. 어머니가 옷에 물을 들이던 감 종류가 아닐까 싶다.

어머니는 뭐든지 척척 만들어냈다. 당신의 손에 의해 너덜너덜해진 옷은 새 옷이 되었고 작거나 큰 옷도 새로운 옷으로 바뀌었다. 창조자이며 희생을 마다치 않았다. 자식들에 대한 끝없는 사랑은 타오르는 불꽃같았다. 그 사랑은 그냥 사랑이 아닌 당신의 몸을 태워야만 하는 뜨거운 사랑이었다.

하지만 그때는 몰랐다. 어머니의 고통과 외로움을…. 받는 것보다 베푸는 걸 천명처럼 여기며 사셨기에 희생을 당연하게 여겼다. 많은 자식을 키우느라 당신의 몸을 돌볼 시간이나 있었을까. 손톱이 다 닳고 손끝이 뭉개져도 손에서 일을 놓지 않은 것도 다 자식을 위함이었다. 끝없는 자기희생 속에서 묵묵히 고통을 감내하셨다. 그렇기에 누구나 가슴 속에 담긴 어머니의 모습은 숭고하다. 그 희생이 낳은 감미롭고 포근한 이미지는 자식들의 마음에 살아 있다. 누가 온몸을 던져 품어줄 수 있단 말인가.

가장 힘들고 절망적일 때 입에서 새어 나오는 한마디는 바로 '엄마'라는 단어다. 끝없는 자애로움은 누구도 흉내 낼 수 없는 고귀한 정신이다. 해진 옷이나 아버지가 입다 버린 와이셔츠에 감물을 들여 입히려고 애쓰던 모습이 눈에 선하다. 감나무에 매달린 감을 보고 어머니를 그리워하는 내 마음을 알기라도 하는지 까치가 깍깍대며 운다. 감나무가 있어 가을이 더 가을답다.

까치는 교도소 교관이라도 된 듯 공중을 선회한다. 내가 까치를 구경하는 건지, 까치가 나를 감시하는 건지 서로 신경전을 벌인다. 이 또한 2하 6방에서 볼 수 없었던 광경이다. 구름과 한라산의 조화가 신비롭다. 언제 주변 광경을 자세히 살펴본 적이 있었던가.

그동안 많은 것을 놓치고 살았다는 걸 실감한다. 이곳에서의 생활이 고통만 주는 건 아니다. 사물에 관한 관심과 그 본질을 들여다볼 수 있는 마음의 눈을 뜨게 되었다. 태양을 보며 생각한다. 나도 누군가에게 태양처럼 따스한 빛을 발하는 그런 사람이 되고 싶다고….

2010. 10. 1.

42.
외로움과 손을 잡다

여러 사람과 지내다 혼자 있으려니 외로움이 슬며시 옆구리를 건드린다. 외로움이라는 것도 이상하다. 조용할 때보다 어딘가에서 사람들 소리가 들려올 때 더 기세를 부린다. 세상에 홀로 된 것 같은 상대적 외로움이다. 온전히 뭔가에 몰입했을 때는 가만히 방구석에 웅크리고 있다. 그러다가 한숨이 새어 나오거나, 눈빛이 흔들리면 그 틈을 비집고 들어와 척 달라붙는다. 외로움을 떨쳐버릴 수 없을 때는 옆에 끼고 창가로 간다. 정신적인 세계를 떠나 눈에 보이는 것들과의 대화가 필요할 때다.

사람들은 혼거 방보다 독방이 훨씬 편할 거로 생각하지만, 장단점이 있다. 우선은 체취가 없어 썰렁하다. 혼거 방은 사방이 사람 냄새로 가득했지만, 이곳은 곳곳에서 오래된 고독 냄새가 난다. 고독이 품고 있는 냄새는 앞서간 사람들이 뱉어놓은 한숨이 발효된 것일지도 모른다. 한숨과 절망에서 새어 나오는 차가운 냄새가 벽마다 서려 있다. 이곳은 또한 물리적인 접촉으로 일어나는 누군가의 살 냄새나 퀴퀴한 발 냄새가 없으니 당연히 온기도 없다. 옆 사람의 코 고는 소리도 들리지 않는다.

잠결에 누군가의 배에 다리를 올리거나 부둥켜안는 일도 없다. 혼거 방에 있을 때는 그런 게 불편했는데 혼자되고 보니 옆 사람의 헛기침 소리도 그리울 때가 있다. 몸은 편하다고 호기를 부리는데 마음이 움츠러든다. 사람으로부터 전해지는 온기를 대신할 수 있는 게 어디 있겠는가. 마음도 몸처럼 적응하려면 시간이 필요하다.

점심을 먹고 나니 나른하다. 담 밖이라면 낮잠이라도 잘 수 있겠지만 여기선 그럴 수 없다. 이곳에 들어온 순간 본능적인 욕구는 이미 내 것이 아니다. 몸과 함께 구속이라는 단어에 갇히게 된다. 사회적으로 허락된 감금장소에 속하는 교도소는 인간의 욕구까지 합법적으로 가두는 곳이다.

책을 펼쳤으나 집중이 되지 않는다. 글자들이 눈앞에 일렬 횡대로 정렬해 있을 뿐이다. 집중을 못 하니 이해가 되지 않아 책을 덮어버린다. 멍한 상태로 벽을 바라본다. 잡념들이 벽과 의식 사이를 오간다. 탁구공이 튕겨 나가듯 생각들이 튕긴다. 생각조차 두꺼운 벽을 뚫고 나가지 못한다. 생각이란 공으로 벽과 공놀이를 하는데 그사이를 비집고 노랫소리가 끼어든다.

음악 소리가 큰 거로 보아 공연이라도 펼쳐진 모양이다. 그런데 담 밖에서 들려오는 소리치고는 너무 크다. 그렇다면 교도소 안에서 나는 소리일까. 어울리지 않게 무슨 공연이란 말인가. 독방에 있다 보니 물어볼 사람도 없다. 혼거 방에 있었다면 서로 정보를 나누며 궁금증을 해소했을 텐데 나 혼자 추측할 뿐이다.

운동 시간에 담당 교도관에게 물어봤더니 재소자 체육대회가 열렸단다. 행사는 두 시간 반 정도 하는데 공연도 함께 진행된다고 알려준다. 공연이 보고 싶다거나 그런 생각은 들지 않으나 교도소에서 공연을 한다는 게 생소하다. 연예인까지 출연해 흥을 돋운다니 의아하다. 미결수들에겐 해당이 되지 않은 행사여서 더 그렇다. 미결수는 엄밀히 따지면 재판이 끝나지 않은 상태라 형이 확정된 죄수가 아니다. 단지, 어떤 이유로 인해 구속수사가 필요한 사람들이다.

오늘부터 운동 시간이 1시간으로 연장되었다. 운동 시간이 좀 부족하다 싶었는데 30분이 더 길어졌으니 나로선 반갑기 그지없다. 좀 더 여유를 가지고 운동할 수 있게 되었다. 기분이 좋아 걷다가 뛰기를 반복하고 있다. 운동을 제대로 한 것 같아 뿌듯하다. 운동은 잡념을 막아주고 정신을 맑게 해준다. 모처럼 땀을 많이 흘렸는데 운동이 끝난 뒤 바로 씻을 수 있어서 다행이다. 독방이라 누릴 수 있는 특권이다. 혼거 방이었다면 땀이 다 식도록 기다려야 했을 거다.

저녁 식사를 마치고 나니 나른하다. 점호가 끝나고 취침 시간에 깜빡 잠이 들어버렸다, 교도관이 머리 위치를 똑바로 하라는 소리에 일어나 보니 머리를 철문 쪽으로 향하고 있다. 책상이 철문 쪽에 있어 책을 보다 잠이 든 것 같다.

독방에서는 잠자리 위치도 정해져 있다. 머리를 항상 철문 반대쪽에 두고 자야 한다. 그래야 수감자 동태를 확인할 수 있기 때문이다. 조금이라도 이상한 행동을 하면 교도관이 달려와 교정한다. 나의 모든 상황은 방 안에 있는 카메라를 통해 그들에게 전달되고 있다. 하물며 화장실을 이용할 때도 카메라는 눈을 부릅뜨고 지켜본다. 카메라를 의식할 때면 흡사 우리에 갇힌 짐승이 된 기분이다.

2010.10.2.

제7부

수인번호

43.
마음의 소리

밖은 아직 캄캄한 어둠뿐이다. 일찍 일어난 탓에 어둠이 가시지 않은 창밖을 바라보고 있다. 어둠은 계속 이어질 듯 깊이를 알 수 없다. 하지만 곧 시간에 밀려 형체도 없이 사라져 버릴지도 모른다. 그래서 하루는 길지만 일 년은 짧게 느껴지나 보다.

우리는 밤이 되기를 기다린다. 밤은 어둠을 데려와 생각할 수 있는 분위기를 만들어 주기에 그렇다. 나는 일상사도 어둠을 기다리듯 가만히 때를 기다려야 한다고 생각한다. 때란 기회가 아닌 시간을 의미한다. 어떤 일이 성사되는 때, 혹은 기다림에 대한 보상 같은 그런 의미다. 때가 있기에 견디는 힘도 생긴다.

요즘은 새벽에 노트를 펼치고 펜을 든다. 집중할 수 있는 시간으로 새벽이 적격이다. 주변이 조용하여 생각을 끄집어내는 데 편하다. 다른 사람들이 곤한 잠에 빠져 있는 새벽에 나와 마주한다. 작가들이 쓰는 글처럼 문학적이지는 못해도 하루를 그냥 무의미하게 보내지 않겠다는 생각으로 글을 쓴다. 폐쇄된 공간인 만큼 담 밖 세상과 확연히 다른 이곳 생활과 사람들의 모습을 느낌 그대로 노트에 담고 있다.

마음은 시시각각으로 변한다. 희로애락이 수시로 교차하니 종잡을 수 없다. 때로는 강철같이 굳건했다가도 와르르 무너지기도 하고 흔들림에 갈피를 못 잡기도 한다. 신뢰와 믿음으로 평안함이 찾아왔다가도 오해와 불신이 깃들면 불안과 걱정이 터를 잡는 건 순식간이다. 그런 순간순간들, 변화를 거듭하는 인간의 나약함으로 흔들리는 삶을 노트에 담는다. 펜과 노트가 있으니 하루라는 시간에 의미를 부여할 수 있다.

단지 아쉬운 건 글공부를 해두지 못한 것에 대한 후회다. 좀 더 잘 표현하고 싶을 때, 적확한 단어를 쓰고 싶을 때 느끼는 부족함에서 오는 괴리 같은 것일 수도 있다. 그런데도 나는 쓰기를 계속한다. 글쓰기가 나를 버티게 하는 힘이기에 그렇다. 어찌나 많이 적었는지 노트가 쌓여간다. 그만큼 고뇌에 빠져 허우적거렸다는 증거이기도 하다.

진정성이 빠진 글에는 생명이 없다. 절실함과 혼이 담긴 글은 사람의 마음을 움직인다. 언젠가는 이 글을 세상에 내놓고 싶다. 일반인들이 알지 못하는 이곳에도 가슴 뜨거운 사람들이 있다는 걸 알리고 싶다. 교도소라는 선입관에 가려져 있는 어떤 진실이 이곳에도 꿈틀거리고 있음이다. 이런 느낌이 누군가에게 조금이나마 도움이 될 수 있다면 노트와 펜은 그 역할을 충분히 하는 것이리라. 차가운 벽에 기대본다. 뜨겁게 끓어오르는 가슴을 식히고 냉철한 본연의 모습으로 돌아온다.

처음부터 준비 없이 썼기에 잘 도정된 백미가 아닌 현미처럼 거친 글이다. 보고 싶은 대로 쓰는 게 아닌, 보이는 대로 쓰다 보니 거친 현실을 여과 없이 받아들이기도 한다. 미화시키거나 왜곡하지 않으려고 마음의 소리를 따른다. 이성은 계속 쓰라고 부추긴다. 교훈이나 감동, 지식, 미적 카타르시스를 주는 글은 세상에 많다. 그것들의 아류가 되고 싶지는 않다. 그렇다면 어떻게 쓸 것인가. 바로 내 식으로 쓰는 거다.

거친 일상이라도 기록 자체가 중요하다. 그러니 주눅 들지 않고 꿋꿋하게 써 내려간다면 나에게 좀 더 떳떳해질 수 있을 것 같다. 결국, 멈추지 않고 쓰자는 결론에 이른다. 단지 사람 냄새가 나는 글, 부끄러운 기록마저도 마주하는 글을 쓰는 거다. 멈춰서는 안 된다. 나는 과거를 꾸짖고 깊이 성찰하며 펜을 잡는다. 어떤 글을 쓸지 무엇을 어떻게 쓸지의 고민은 다음으로 미룬다. 우선 솔직해지기로 한다.

2010.10.3.

44.
수인번호

이름은 사람의 뿌리다

세상이라는 척박한 땅에

작은 터를 잡고 존재라는 나무를 키운다

뿌리가 만들어가는 실체의 온전함은

다른 뿌리들과 섞여 손을 잡는 일이다

약한 뿌리가 흔들리면 영혼이 비틀대고

누군가의 발길질에 차이면 가슴에 옹이가 생긴다

뿌리가 뽑히면 존재는 기우뚱!

우주의 가지 끝에 걸린다

이름이 아닌 번호가 가진 허탈함 속에는

근시로 얼룩진 시간이 있다

다시 뿌리를 내리기까지

하루가 가진 무게를 인내의 저울에 올린다

수인번호 554...

교도소에 갇혀 지낸 지 넉 달이 지나고 있다. 짧고도 긴 시간이다. 어디서나 시간은 흐르기 마련이다. 어떤 날은 하루가 한없이 길게 느껴졌고, 반면 훌쩍 지나버린 날도 있었다. 이곳에는 나보다 형량이 긴 사람이 많다. 일 년 정도는 아무것도 아니라고 생각할 정도다. 그렇지만 내게는 형량의 길고 짧음이 중요한 게 아니다. 정상적인 사회생활을 하다 갇히게 된 터라 자유에 대한 갈망을 잠재우기가 쉽지 않다.

코끼리와 사슬에 관한 이야기가 있다. 아기 코끼리를 사슬에 묶어 10년 동안 사육시킨 뒤 사슬을 풀어주었다. 그러나 코끼리는 자신이 활동하던 범위 밖으로 한 발짝도 나가질 못했다. 자신에게 아직도 사슬이 묶여있다고 의식한 것이다. 아기 코끼리는 자유를 몰랐기에 갈망하지 않았다. 처음부터 사슬에 묶였으니 자유라는 게 어떤 건지 알 기회가 없었다. 자유도 알아야 갈망할 수 있다. 나는 자유롭다는 게 어떤 건지 알기에 사슬이 답답하다.

어디 나뿐이겠는가. 특히, 수인번호를 가슴에 붙인 사람에게 자유는 갈망 그 이상의 것일 수밖에 없다. 죄의 경중에 따라 형량이 정해진다. 미결수지만 1심에서 15년 형을 받기도 하고 무기징역을 받은 사람도 있다. 5년 이상의 형을 받은 경우도 많아서 1년은 가벼운 형에 속한다. 그러다 보니 형량에 대한 애기는 예민한 부분이다.

2하 6번방에 있을 때도 상대방의 형량에 대해서는 물어보지 않았다. 암묵적인 가운데 함구하는 게 예의다. 가끔은 불특정인의 형량이 자신에게는 행복의 조건이 될 때도 있다. 솔직한 인간 본성에 따르면 형량은 절대적이 아닌 상대적인 박탈감이나 위안으로 이어지기 때문이다. 그건 누군가의 불행과 나의 불행을 저울질하려는 게 아니라 어떤 위안이라도 얻고 싶은 마음의 발로다. 기분이 바닥으로 가라앉을 때 나 혼자만 그렇지 않다는 건 우울함을 덜어내는 데 조금이나마 도움이 된다.

교도소의 시간은 더디게 흘러간다. 시간의 흐름보다 더 힘든 건 고유한 이름을 잃어버렸다는 것에 대한 박탈감이다. 수인번호가 나를 대신할 때 정체성을 유지하기란 쉽지 않다. 이름이 있는데도 수인번호로 불리면 씁쓸하다. 심사숙고해서 이름을 지어준 부모님께도 면목이 없다. 돌아가신 분들이지만 어딘가에서 날 보며 안타까워할 것 같아서다.

긴 형량을 받았음에도 불구하고 늘 웃음을 잃지 않던 42살 젊은 남자가 생각난다. 나를 보면 그는 먼저 인사를 하며 다가왔다. 겉으로 보기에 좋은 인상을 갖고 있어 살인사건에 연루되어 있다는 걸 짐작하기는 쉽지 않았다. 물론 누군가의 첫인상으로 그 사람을 판단하는 건 오로지 주관적이라는 걸 인정한다. 시간이 지나면서 현실을 받아들이게 된 것인지 내내 차분한 태도를 보였다.

9월 29일 재판받으러 가는 버스 안에서 그는 나에게 위로의 말을 건넸다. 자신의 처지에 비관할 법도 한데 타인에게 보내는 시선이 따뜻했다. 어떤 일을 겪어왔고 어떻게 살아왔는지 상관없이 그 순간 웃음은 진심을 담고 있었다. 내가 진심을 받아들였듯이 손을 잡으며 보냈던 내 마음도 그에게 전달될 수 있기를 바랐다.

지금은 그의 모습을 볼 수가 없어 안타깝다. 2하 6번방에 있을 때는 운동도 같이하고 사소한 얘기를 나누기도 했는데 독방에 온 뒤로는 거의 마주칠 일이 없다. 몸이 멀어지면 마음도 멀어진다. 석방되면 그를 다시 볼 수 없을 것이고 세월이 흐르면 자연히 얼굴도 잊힐 것이다. 그러나 그의 말은 살아 있다. 힘들었던 순간 진실한 한마디가 마음에 불씨로 남았기 때문이다. 사람 속에서도 사람이 그립다는 것, 그 뜻을 알겠다.

2010.10.4.

45.
가는 계절, 오는 계절

　오늘부터 3일간 교도소 감사(監査)가 진행된다. 그래서인지 평소와 다른 긴장감이 흐른다. 직원들은 감사에 대비하느라 분주해 보인다. 그들은 감방을 둘러보며 지적당할만한 곳이 없나 꼼꼼히 체크한다. 매서운 눈으로 재소자들의 상태도 점검한다.

　마룻바닥이 차가워서 담요를 깔고 앉아 있었다. 교도관은 감사 기간에는 맨바닥에 앉아야 하니 치우라고 한다. 순간 많이 당황스럽다. 뭔가를 깔지 않고는 바닥의 냉기를 견디기에 역부족이기 때문이다. 하지만 명령에 불복종할 수는 없다. 서운하고 서러운 마음이 왈칵 들지만, 최대한 평정을 유지하며 요를 슬쩍 옆으로 밀어놓는다. 깔개 하나가 뭐라고 순식간에 기분이 울적해진다. 차가운 바닥은 교도관의 냉기 어린 눈빛까지 더해져 돌덩어리 같다. 맨바닥에 앉으라는 명령을 받은 이상 견디는 건 내 몫이다.

인간의 기본 욕구가 배제될 때 이곳이 교도소라는 걸 깊이 인식한다. 누군가의 명령에 의해 움직여야 한다는 건 자존감을 일으켜 세우는 데 걸림돌이 된다. 그래도 어쩔 수 없지 않은가. 명령에 따르는 게 이곳의 법칙이다. 나로 인해 문제가 생기면 그 감당을 어찌할 것인가. 감사가 무사히 지나기만을 기다려야 한다. 평소에도 엄격한 교도관들이 감사 때문에 얼굴이 더 굳어 있다. 교도관이 느끼는 긴장감이 그대로 우리에게 전해진다. 달갑지는 않지만, 불평할 처지도 아니기에 그들의 요구에 적절히 대처한다. 감사가 무사히 끝나야 서로 평온을 찾을 수 있다.

올겨울은 성격이 급한지 가을이 바통을 넘겨주기도 전에 달음박질로 오는 듯하다. 한차례 비가 지나간 뒤 추워지는 속도가 빨라졌다. 앞으로 이곳도 밤과 낮의 기온 차가 심해질 모양이다. 규칙적인 생활이어서 계절의 변화에 크게 흔들리지 않을 수도 있겠지만, 교도소에서 처음 나야 할 겨울이라 추위를 짐작할 수 없다. 지금은 혼자 지내는 독방이기에 한기를 견디는 방법도 모른다. 혼거 방이었다면 옆 사람에게 물어보기도 하고 사람들의 온기도 도움이 될 텐데 아쉽다.

한라산도 며칠 동안 안개 뒤에 숨어있다. 우중충한 날에는 마음도 덩달아 질척해진다. 그만큼 우리에게 날씨가 미치는 영향은 크다. 인간이 자연에 적응해야 하는 건 어디서나 마찬가지다. 자연은 우리에게 견딤과 기다림이라는 과제를 준다. 과제를 잘 풀어나가는 게 세상을 잘 사는 일인지도 모르겠다.

일조량이 짧은 것도 이곳의 특징이다. 해가 중천에 있는 시간은 잠시, 점심이 지나면 곧 모습을 감춰버린다. 그만큼 날씨의 변화가 심하다. 한라산이 가까운 데다 지대가 높으니 일어나는 현상이다. 저 거대한 한라산은 내 마음을 아는지 모르는지 무심하게 세상을 내려다볼 뿐이다. 넋두리할 곳이 없으니 한라산에 푸념을 늘어놓는다.

머지않아 한라산도 변신하리라. 지금 입고 있는 옷을 벗어던지고 하얀 옷으로 단장에 나설 터, 그 모습도 자못 궁금하다. 이제 한라산은 나에게 하나의 상징이 되었다. 하늘과 손을 맞잡고 있는 것만으로도 신비함이 서려 있어 우러러보게 된다. 한편으로는 나를 가호해주는 신적인 존재로까지 느낀다. 소소한 변화에도 민감해진다.

시간이 빠르게 지나고 있다. 아침 식사를 한 지 얼마 안 된 것 같은데 벌써 점심시간이다. 가을의 한가운데서 가을과 겨울을 동시에 느낀다.

2010.10.5.

365일,
교도소를 읽다

46.
고양이 보안과장

고양이가 나타났다. 녀석과 시선이 딱, 마주쳤다. 아랑곳없이 고양이
는 특유의 느릿느릿한 걸음으로 사방을 살피며 걷는다. 눈으로 고양
이를 쫓는다. 그걸 마치 알고 있다는 듯 거드름을 피우며 나를 향해
아름다운 큰 눈을 동그랗게 뜬다.

녀석들은 마치 상사와 부하처럼 일정한 간격을 유지하며 걷고 있었
다. 앞에 선 녀석이 걸음을 떼면 뒤에 선 녀석이 뒤를 졸졸 따랐다.

<본문 중에서>

고양이가 나타났다. 녀석과 시선이 딱, 마주쳤다. 아랑곳없이 고양이는 특유의 느릿느릿한 걸음으로 사방을 살피며 걷는다. 눈으로 고양이를 쫓는다. 그걸 마치 알고 있다는 듯 거드름을 피우며 나를 향해 아름다운 큰 눈을 동그랗게 뜬다.

이곳에서 고양이를 처음 본 건, 2하 6번방에 있을 때다. 어느 날 저녁 무렵 두 마리가 창문 밖 스크린에 등장했다. 우리가 매일 창문을 통해 밖을 바라보던 그 화면에 들어온 두 마리는 높은 벽 위에 있었다. 녀석들은 마치 상사와 부하처럼 일정한 간격을 유지하며 걷고 있었다. 앞에 선 녀석이 걸음을 떼면 뒤에 선 녀석이 뒤를 졸졸 따랐다.

옛 어른들은 고양이가 원한을 품으면 반드시 복수하는 요물이라 여겼다. 목숨이 아홉 개라는 속설도 있었다. 이런 인식은 동서양을 막론하고 존재했던 것 같다. 고양이에 대한 기록은 고대 이집트에서도 발견된 거로 보아 예전부터 인간과 가까운 동물임을 반증한다. 요즘은 인간들에게 사랑받는 동물로 급이 높아졌다. 강아지만큼이나 대표적인 애완동물이 되어가고 있음이다. 고양이는 대소변도 잘 가리고 청결함을 좋아하는 동물이다. 혼자서도 집을 잘 지킬 만큼 의젓하다. 무엇보다도 외모가 시선을 끈다.

녀석들의 모습을 한참 쳐다보고 있으니 궁금했다. 왜 저렇게 폼을 잡고 무게 있게 걷고 있는지에 대해서였다. 앞에 녀석은 그렇다 치고 뒤를 따르는 고양이 행동도 의아했다. 녀석들이 왜 저렇게 걷는지 궁금하지 않느냐고 감방장에게 물어보았다. 그러자 감방장의 설명이 가관이었다.

의젓하게 걸어가는 놈은 교도소 보안과장이고 뒤를 따라가는 놈은 계장이라고 했다. 감방장의 재치 있는 말에 웃음이 터졌다. 그도 그럴듯해 보였다. 우리를 감시하는 무표정한 교도관 대신, 고양이 과장과 계장한테 감시받으면 좋겠다고 하자 모두 폭소를 터트렸다.

방을 옮긴 후에도 모습을 보여줘서 좋다. 녀석들은 매일 오후 점검 시간에 어김없이 높은 벽 위에 나타난다. 서쪽에서 등장해 풍경 속 주인공처럼 동쪽으로 걸어가는 모습이 의젓하다. 그들의 드라마에 조연으로 출연하고 싶은 내가 몇 번을 불러보았지만 들은 체도 안 한다. 도도하기가 옛날 소년 때 짝사랑하던 소녀처럼 오만하다. 오기가 생긴다. 아무래도 먹이를 준비해야 할까 보다. 마치 교도관의 업무를 부여받고 임무에 충실한 듯 어슬렁거리며 저녁 식사 시간까지 돌아다닌다. 과장과 계장이라더니 임무를 톡톡히 수행해서 머지않아

진급도 문제없겠다.

　나는 동물을 매우 좋아한다. 소를 보면 그 커다랗고 순수한 눈이 좋고 염소를 보면 야무지게 풀을 뜯어 먹는 모습이 좋다. 특히, 제주도에 많은 말은 동물에 대한 사랑을 더욱 부추겼다. 말이 바람을 가르고 달릴 때 날리는 갈기를 보면 유치환 시인의 '깃발'이라는 시가 생각나기도 한다. '공중에 부서지는 소리 없는 아우성'처럼 말의 갈기가 공중에 길을 내는 모습은 아름다움 그 자체다.

　인간에게는 없는 동물들만의 탁월함, 말의 탄탄한 근육이 그렇고 고양이의 눈과 털이 그렇다. 사람을 빠져들게 하는 묘한 매력을 가진 동물들, 그들을 사랑하지 않을 수 없다. 인간의 사랑을 받거나 적대시 당하는 동물이 지금은 인간을 구경하고 있다. 그들은 벽 안에 갇힌 사람들을 보며 무슨 생각을 할까. 노란 눈에 비친 우리의 모습이 그들에게 위협적이지 않을 거라는 건 확실하다. 그러니 마음 놓고 쳐다보는 것일 거다.

　어느새 한 마리가 더 나타나 두 마리가 내 방 창문 앞 슬레이트 지붕 위에서 따뜻한 햇볕을 쬐고 있다. 나 역시 동물에 대한 관심이 많다 보니 자주 쳐다보게 된다. 식사 때가 되면 음식 냄새가 전달되도록 일부러 창문을 열고 기다린다. 그래서인지 녀석들은 울음소리를 내며 자신의 위치를 알리는 단계까지 이르렀다.

소시지를 녀석들이 먹기 좋게 잘라서 던져주기도 한다. 어떤 날은 세 마리가 올 때도 있다. 그중에 유독 약한 놈이 있어 마음이 더 쏠린다. 다른 고양이가 있으면 창문 근처에 얼씬도 못 하는 거로 봐서 그들 중 서열이 낮아 보인다.

사람이든 동물이든 약한 존재에게 마음이 쓰이는 건 인지상정이다. 옛날 우리 어머님도 그랬을 것 같다. 다 같은 자식이라도 약하고 안돼 보이는 자식이 우선이었고 정도 더 많이 쏟았으리라. 졸지에 고양이의 보호자가 된 기분이다. 은근히 기분이 좋다. 이들로 인해 칙칙한 교도소가 좀 더 살갑게 느껴진다. 녀석들이 풀어놓은 따뜻한 기운이 내게로 옮아오나 보다.

2010.10.6

47.
기다림을 배우다

　낯설었던 것들이 어느 순간 낯설게 느껴지지 않는 걸 익숙함이라 부른다. 적응이라고 말하기도 한다. 이곳도 마찬가지다. 굉장히 새로운 환경이었는데 그럭저럭 지내고 있는 걸 보면 말이다.

　전혀 다른 환경을 접하고 새로운 사람을 만나는 건 자신이 성장할 기회다. 이런 점에서 갇혀 있는 사람에게는 생활의 불편에서 느끼는 어려움도, 많은 사람과의 부대낌도 경험의 범위를 넓혀주는 계기가 된다. 물론 이곳을 찬양하는 건 아니다. 교도소에 갇히지 말아야 하는 게 최선의 삶이다. 그런데 부득이하게 이런 일을 당할 경우 긍정적인 측면을 말한다면 그렇다. 나는 지금 낯선 곳으로 여행 중이라고 최면을 건다.

　최근 젊은이들 사이에서는 아르바이트로 돈을 모아 세계로 모험을 떠나는 이들이 많다고 한다. 매우 바람직하다고 생각한다. 여행에 대한 꿈도 꾸지 못하고 살았던 옛 세대들에 비하면 축복받은 시대를 사는 셈이다. 자신이 힘들게 모은 돈이니만큼 함부로 쓰지 않을 것이며 또 다른 삶의 에너지를 충전할 수 있다는 점에서 유익하다고 본다.

낯선 환경과 마주치다 보면 여태껏 알지 못했던 새로운 자신을 발견하게 된다. 떠난다는 건 익숙하고 편한 환경을 벗어나는 일이다. 나 또한 지금의 생활을 여행이라 자위하며 단련시키고 있다. 비록 의지와 상관없이 떠나온 것이지만, 이 고립된 공간은 여행지나 다름없다. 이제껏 견고하게 다져왔다고 믿었던 가치관이 그렇지 않다는 것을 깨닫는 과정은 고통스럽다. 자신과 행적을 부정한다는 것은 누구에게나 괴로운 일이다. 그러나 필연적으로 그러한 과정을 거쳐야만 성장할 수 있다는 것 역시 부정할 수 없는 사실이다.

담 밖에서는 느낄 수 없었던 철저한 고독을 맛본다. 그리고 인내의 속성과 기다리는 여유를 배운다. 매일 반복되는 기다림 속에서 초조함과 외로움이 육신을 덮칠 때면 온몸이 가늘게 떨린다. 그런 과정을 겪으며 '사무엘 베케트(Samuel Beckett, 1906년~1989년)'의 희비극 『고도를 기다리며』에 등장하는 주인공 '블라디미르(Vladimir)'와 '에스트라공(Estragon)'처럼 기다림에 익숙해져 간다.

그들은 올지 안 올지도 모르는 '고도'를 50년이나 기다린다. 더욱이 그들은 언제까지 기다려야 하는지도 모른다. 나는 자유라는 어떤 주체가 있지만, 블라디미르와 에스트라공은 무엇을 위한 것인지 주체조차 모른다. 이는 저자 베케트가 인간의 삶을 '기다림'으로 정의 내렸기 때문이다.

『고도를 기다리며』는 베케트의 경험이 밑바탕에 깔린 작품이다. 그는 2차 세계 대전 당시 남프랑스의 '보클루즈'에 숨어 살면서 전쟁이 끝나기만을 기다린다. 그건 그에게만 해당하는 게 아니라 모든 인간의 보편적인 삶을 반영한다. 삶에 있어서 기다림이란 무엇인가. 이는 헤아릴 수 없이 많은 의미를 내포하고 있다. 실질적인 것도 있고 추상적인 것도 있다. 기다림의 양상도 시대에 따라 변하고 있다.

요즘 사람들은 약속장소에서 누군가를 무작정 기다리지 않는다. 통신 시설이 발달하지 못했던 예전에는 끝까지 기다리는 걸 미덕으로 알았다. 하지만 지금은 상대방의 상태를 전화로 확인할 수 있다. 이런 건 실질적이라 지나고 나면 그 의미조차 사라진다. 그에 비해 구체적으로 잡히지 않는 기다림은 또 얼마나 많은가. 성공하기를, 병이 완쾌되기를, 꿈이 이루어지기를 기다리는 일은 아예 삶의 한 부분이다.

365일,
교도소를 읽다

기다림은 필연적으로 고통을 동반한다. 확신이 없으면 외롭고 초조해진다. 칼을 날카롭게 하려고 대장장이는 묵묵히 인고의 시간을 감내한다. 사람의 모습도 마찬가지다. 만족할 수 있을 만큼 다듬어지기 위해서는 고통의 시간을 견뎌야 한다.

아주 작은 기다림도 있다. 우리는 여기서 철문이 자주 열리고 좋은 소식이 오기를 기다린다. 그게 쌓이고 쌓여 자유의 날도 언젠가 올 것을 안다. 그러니 기다림이 품고 있는 건 바로 긍정의 힘이다.

2010.10.7.

48.
진실의 껍데기

　이곳에 처음 들어와 적응하기는 쉽지 않다. 별도의 교육이 없어서다. 그저 많은 것을 듣고, 눈치껏 모든 상황을 파악해야 한다. 몇 달 지나고 나니 나도 이제는 조금 익숙해졌다. 그래도 더 잘 적응하기 위해 주위 사람에게 궁금한 걸 묻기도 한다.

　높은 담으로 단절된 이곳은 세상 일부임에도 불구하고 상상 외의 삶이 펼쳐지는 곳이다. 시간마저 다르게 흘러가는 듯하다. 나의 시선과 느낌은 통제돼버린 벽과 다투다가 되돌아오기를 수없이 반복한다. 세상을 바라보는 관점에는 여러 가지가 있을 수 있다. 사람의 숫자만큼이나 다양하다. 같은 사물이나 사건에 대해서도 보는 사람마다 의견이 다르다. 똑같은 생각을 하는 사람은 한 명도 없다는 것을 이곳에서 새삼스럽게 깨닫는다.

　그렇다. 나의 현재 상황도 보는 이의 몫이다. 누군가가 나를 대변하면 진실과 상관없이 그의 말이 통할 수도 있다. 생각 없이 던진 말 한마디가 한 사람의 삶을 바꾸기도 하고 이미지를 고착시켜 버리기도 한다. 나도 예외는 아니다.

우리는 타인에 대해 무지하다. 아무리 친하고 가깝다고 하더라도 모든 걸 다 알 수는 없다. 가족도 마찬가지다. 고통을 나눌 수는 있지만 대신해줄 수는 없다. 함께 할 수 없다는 건, 남일 수밖에 없다는 의미다. 죽음이 온전히 혼자의 몫이듯이 인생이란 결국 혼자서 가는 길이다. 지극히 냉정한 논리지만 사실이라는 걸 우리는 안다. 그래서 사람들은 억지로나마 관계를 형성하는지도 모른다.

가족, 친구, 동창 등 관계의 틀 속에서 우리는 안정을 찾는다. '인간은 사회적 동물'이라는 말은 누구도 부정하지 못한다. 어딘가 속해있지 않으면 불안해서 끊임없이 소속을 찾으려 노력한다. 그렇게 관계를 맺고, 오랜 시간을 보내며 깊은 대화를 나눈다 해도 서로에 대해 다 알지 못한다.

만나보지 않고 그 사람을 파악한다는 건 어려운 문제다. 누군가에게 전해들은 정보는 그 사람의 표면적인 모습일 뿐이다. 사람들은 듣는 대로 믿는다. 소문에는 진실이 없고 벽이 없다. 입에서 입으로 전해지는 진실의 껍데기가 있을 뿐이다.

여러 날을 기다리고 있지만, 생각처럼 일 처리가 착착 진행되지 않고 있다. 내가 할 수 있는 건 무작정 기다리는 것뿐이다. 기다림에는 믿음이란 전제가 필요하다. 믿음은 오랜 신뢰에서 형성되는 것이고 신뢰는 인간성으로 이어지기도 한다.

무슨 일에 앞서 철저한 준비는 성패를 좌우하는 결정적 역할을 한다. 실수를 줄이기 위해서는 전체를 보는 능력도 필요하다. 아무리 급하더라도 우물가에서 숭늉을 달라고 할 수는 없는 노릇이다. 또 아무리 바쁘더라도 먼저와 나중이라는 순서가 있다.

초조함에 쫓겨 일의 순서를 지키지 않는다면 모든 것이 꼬여버리는 것은 당연지사다. 초조함과 조급함이 화를 부른다. 이러한 사실을 깊게 깨닫고 차분히 마음을 가라앉힌 다음 전체적인 윤곽이 드러난 후 착수해도 늦지 않는다. 그래야 일이 순조롭게 풀려나갈 수 있다. 아무리 복잡해도 사전준비를 철저히 해두었다면 걸림 없이 풀어나갈 수 있었을 텐데 이제 와 생각하니 아쉬운 게 많다.

그리고 지금은 내가 아닌, 다른 누군가가 날 위해 뛰고 있다. 산다는 건 끊임없이 바통을 넘기고 받아야 하는 이어달리기다.

2010.10.8.

49.
돈, 무기가 되다

　인간에게 있어 돈이나 권력, 외모는 얼마만큼 중요한 걸까. 어쩌면 삶을 결정짓는 요소일지도 모른다. 사람의 생명이 그 것들로 인해 좌우되는 수도 있으니 말이다. 그래서 사람들은 기를 쓰고 그것을 차지하려 하는 것일 거다. 바로 이 움켜쥐려는 마음이 지금 내가 겪고 있는 불안과 고통이다. 사람들은 한 번 손에 들어온 것은 놓지 않으려고 한다. 그걸 얻기까지의 험난했던 과정을 생각하면 더욱더 꼭 움켜쥐는 게 사람의 심리다. 때로는 그것이 화를 부를지라도 말이다.

　대부분의 사람이 진심으로 원하는 것은 무엇보다도 미래에 대한 확실한 보장이다. 물론 그게 반드시 금전적인 것을 의미하지는 않는다. 그렇더라도 금전은 자신을 지켜주는 무기가 될 수 있다. 모순이다. 이 때문에 금전적인 것을 제쳐두고 말할 수는 없다. 우리의 의식주를 해결해 주는 것도 돈이다.

　이곳 역시 크게 다르지 않다. 금전적 여유가 기를 살리거나 죽인다. 재판을 받는 과정도 금전과 연관된다. 변호사 비용이며 기타 소요되는 금전적 부담은 크다. 그래서 유전무죄, 무전유죄라는 말이 생겼을지도 모른다. 바깥세상은 말할 것도 없지만 여기에서도 여유가 없으면 남에게 의지하는 초라한 신세가 된다. 세상 살아가는데 금전이 전부가 아니라고 항변해 보지만 없으면 두렵다.

죄수들은 불확실한 미래에 기댄 채 지낸다. 불확실하지만 미래라도 있어야 견딜 수 있기 때문이다. 조마조마한 심정으로 하루를, 일주일을, 한 달을 보낸다. 작은 희망이라도 잡고 있다면 다행이다. 희망을 놓아버리면 될 대로 되라는 식의 자포자기에 빠질 수 있어서다. 사람이 망가지는 건 순식간이다. 그걸 경계하기 위해 한순간도 놓지 말아야 할 게 희망이고 삶에 대한 긍정적 태도다. 사람은 거창한 이유를 가지고 살아가지 않는다. 내일은 조금 더 나아질 거라는 기대가 있기에 산다.

독방 생활은 여러 사람이 지내는 혼거 방과 다르다. 혼거 방은 좋은 일이든 나쁜 일이든 안에서 일어나는 일은 공유한다. 서로 의지하며 베풀기도 하고 받기도 한다. 어찌 보면 여유가 없는 사람에겐 혼거 방이 편할지도 모른다.

사회는 이미 물질 만능으로 전락해 버렸다. 가족이고 이웃이고 돈 앞에서는 동지가 되기도 하고 원수가 되기도 한다. 그러다 보니 없는 사람을 홀대하는 모습을 종종 볼 수 있다. 더 이상 안전하지 않은 세상, 예측할 수 없는 사건이 일어나는 세상의 중심에 우리는 서 있다. 사람들의 마음도 삭막해지고 경계의 눈으로 주위를 둘러본다. 사람을 넘어 물질을 찬양하고, 인간관계도 금전에 따라 바뀐다.

이곳은 힘들고 외롭지만 안전하게 지켜주는 울타리 같은 곳이기도 하다. 물론 그건 규칙 안에서다. 규칙을 무시하고 저항하면 비참한 삶으로 추락할 수 있다. 기대와 희망이 자기 생각에 미치지 못해도 참고 기다리는 데 익숙해져야 한다. 미결수들에게 미래는 불확실하다. 재판이 진행되는 동안 자신을 통제할 기력마저 소진된다. 그렇다고 지푸라기를 놓아 버릴 수는 없다.

오래 갇혀 있는 사람들일수록 자신이 검사나 판사인 양 형량에 대한 예측을 던지곤 한다. 순간적으로 그들의 말에 혹하게 되면 쓸데없는 기대심리가 생긴다. 중심을 잡지 못하고 흔들린다. 그런 주위의 말에 현혹되지 말아야 하는데도 방심하면 무너진다.

재판 준비 과정에서 조금이라도 이상한 점이 보이면 불안하다. 그렇다고 진정 필요한 부분만 취할 수는 없다. 나를 위해 애쓰는 사람의 심정도 살펴봐야 한다. 모든 것을 나의 기준에 맞추려고 한다면 밖에 있는 사람이나 나 역시 힘들어진다. 사람의 욕심은 끝이 없다.

　이곳에 갇혀 지내는 사람 대부분은 죄가 없다고 우기기도 한다. 형량에 연연하지 않으려고 하지만 말처럼 쉽지 않다. 나도 그들과 마찬가지로 형량에 대해 자주 생각한다. 그렇다고 달라질 건 없다. 가끔은 운명과 손을 잡고 눈을 맞추는 일도 필요하리라.

2010.10.9.

제8부

외로움은
외로움을 낳고

50.
해석하는 자의 몫

고양이 울음소리에 눈을 떴다. 밖이 훤해서 깜짝 놀라 벌떡 일어났다. 어찌 이리 곤하게 잠이 들었을까. 늦잠 자는 일이 좀체 없다 보니 당황스럽다. 새끼 고양이가 아니었으면 기상 시간도 맞추지 못해 점검 때 곤욕을 치를 뻔했다. 동물에게까지 은혜를 입고 산다고 생각하니 피식 웃음이 난다. 예전에 느껴보지 못했던 감정이다. 한때는 단잠을 방해하는 소리가 듣기 싫어 귀를 막고 살았다. 그런데 고양이 울음소리가 도움이 될 때도 있으니 세상일이란 알 수 없다.

창밖은 이미 환하다. 전날에는 잡념이 나를 피곤함으로 몰고 갔나 보다. 뒤척거리다 겨우 잠이 들었는데 밤이 순식간에 지나가 버렸다. 한편으로는 덕을 본 것도 있다. 매일 긴장 속에서 지내는 탓에 잠을 설치기 일쑤였는데 오랜만에 단잠을 잤다.

뭐든 철두철미하게 준비하는 성격이라 실수를 용납하지 않는 편이다. 더구나 사소한 문제로 누군가에게 야단을 맞는다는 건 자존심이 허락하지 않는다. 그러니 울음소리로 나를 깨운 고양이가 기특하다. 녀석은 내게 은혜를 갚은 셈이다. 새벽이면 자신에게 먹이를 주던 사람이 안 보이자 "이렇게 환하게 아침이 밝았는데 안 일어나고 뭐 하세요? 빨리 밥 주세요." 하며 시위라도 한 것일까.

아무려면 어떤가. 고양이 시위 덕분에 차질 없이 점검에 임할 수 있게 되어 다행이다. 매일 보던 사람이 보이지 않자 말 못 하는 동물도 궁금했던가 보다. 그러고 보면 세상이란 혼자 사는 게 아니다. 동물이든 사람이든 어우렁더우렁 살아간다는 말이 맞지 싶다. 고맙다는 보답으로 소시지를 던져 주자 녀석이 날쌔게 받아먹는다. 고양이와도 친구가 되고, 비둘기 참새, 하늘, 달, 구름, 한라산하고도 친구가 되어간다.

한라산은 안개에 푹 싸여있다. 비라도 내릴 것 같은 날씨다. 맑은 가을 하늘을 기대했건만 요사이 좀체 파란 하늘 보기가 쉽지 않다. 날씨에 따라 마음도 맑았다가 흐렸다가 한다. 환경은 사람을 가장 쉽게 길들이는 이데올로기다. 몸과 마음이 부자유함은 감정에도 울타리를 쳐버린 듯 자그마한 일에도 좋아하고, 사소한 것에도 화를 낸다.

그나마 희미하게라도 보이던 한라산이 추상화가 되어버린다. 구름이 옷자락을 길게 늘어뜨려 감싸버린 탓이다. 구름과 한라산이 노니는 모습은 인간의 눈으로 봤을 때 자연의 신비다. 선택권이 없는 자연현상이나 변화를 두고 사람이 할 수 있는 건 해석이다. 자연과 세계를 해석하는 힘이 결국은 예술을 낳고 문학을 낳는다. 지금 내가 바라보고 있는 바깥 풍경도 해석하는 자의 몫이다.

모든 것에는 양면성이 있듯 이곳에 갇혀 지낸다고 안 좋은 일만 있는 건 아니다. 불과 몇 개월 전까지만 해도 규칙적인 생활과는 거리가 멀었다. 일을 시작하면 끝을 보는 성격이라 밤을 새우기 일쑤였다. 식사며 잠자는 시간도 불규칙했다. 책을 읽는다거나 글을 쓰는 일도 내키면 하고 그렇지 않으면 하지 않았다. 자유를 만끽했고 건강에는 소홀했다.

이곳에서는 규칙적인 생활을 지키는 게 원칙이다. 정해진 시간에 잠을 자고 일어난다. 같은 시간에 밥을 먹고 운동한다. 매일 책을 읽고 명상하고 글쓰기를 한다. 담배며 술도 하지 않기에 건강을 크게 해칠 일이 없다. 모든 활동이 통제당하고 명령에 복종하고 정해진 행동만 해야 하는 상황이지만, 그동안 하지 못했던 것들을 실천하고 있다.

생각을 조금만 달리한다면 나쁜 습관을 버리는 기회가 될 수도 있다. 며칠 전, 운동 시간에 교도관이 했던 이야기가 생각난다. 그는 젊은 수용자와 대화를 나누고 있었는데 "군대에 왔다고 생각하면 편하다."라며 수용자를 위로했다. 고개가 끄덕여졌다. 이왕 벌어진 일, 전전긍긍해봐야 소용없을 때는 오히려 기회라고 생각하는 게 도움이 된다. 그런 의미에서 교도소의 생활을 '특별한 경험'이라고 인생 노트에 적는다.

2010.10.10.

51.
비와 민들레

소리 없이 내리는 가랑비는 품이 넓다

밀어내기보다 받아들이기에 익숙하다

자기를 내세우지도 뽐내지도 않는다

나무를 후려치는 굵은 빗방울이 아닌

땅에 상처를 안기는 날카로운 비가 아닌

가만히 타인에게 다가서는 비다

다독다독 생명을 쓰다듬고

목마른 자의 가슴을 천천히 적신다

작은 것들의 몸짓에 살아있는 비

매일 보는 얼굴처럼 친근한 비가

내리는 가을아침

저만치 후미진 구석에서

민들레 하나 방그레 웃고 있다

가을비가 내리고 있다. 가늘게 내리는 비지만 비에 젖은 가을 풍경이 고즈넉하다. 담 밖으로 보이는 하늘과 나무도 사색에 잠겨있다. 이런 날은 커피가 생각난다. 비와 가을, 그리고 커피가 어우러진 아늑한 감상에 빠져든다. 고요를 깨뜨리듯 운동하는 소리가 들린다. 가랑비라 운동하는 데는 지장이 없는 모양이다.

징역살이는 침묵의 문화라고 한 적이 있다. 특히 독방에서의 생활은 침묵과 친해질 수밖에 없다. 청소하고 물건을 정리하고 책을 소리 내 읽어보지만, 그것도 어느 정도 지나면 시들해진다. 어쩔 수 없이 나와 대화하는 시간이 많아진다. 그것 또한 하루 이틀이다.

사람 목소리가 듣고 싶고 온기가 그립다. 아무 말이라도 좋으니 이야기 나눌 수 있는 상대가 절실해진다. 그럴 때 창문 밖에 고양이가 있으면 좋은 대화 상대가 된다. 녀석이 듣든 말든 질문을 던진다. "너는 어디서 왔니? 잠은 어디서 자니? 누구랑 사니? 친구는 있니?" 고양이는 저 인간이 뭔 소리를 하는 건가 하는 듯 빤히 쳐다본다. 그리고는 "재미없어."라는 표정으로 야옹야옹하며 사라진다.

고양이를 향해 "잘 가. 기다릴 테니까 내일도 오거라." 하고 작별 인사를 한다. 누군가에게는 이상해 보일 수 있겠지만 개의치 않는다. 잠시라도 나와 눈을 맞춰준 고양이가 고마울 따름이다.

내 맘도 모르고 가버린 고양이 대신 다른 게 없을까 싶어 주위를 둘러본다. 오늘은 까치도 날아다니지 않는다. 아래 공터에서 먹이를 찾던 비둘기도 왔다 갔는지 소리가 없다. 높은 벽은 여전히 눈을 내리깔고 교도소 건물을 굽어보고 있다. 마침 고양이 울음소리가 들린다. 좀 전에 가버린 고양이가 다시 오려나 싶어 목을 길게 빼고 기다리던 내 눈에 들어온 건 고양이가 아닌 민들레다.

벽과 지붕의 경계에 민들레가 피어 있다. 잡초 사이에 섞여 있지만 분명 민들레다. 땅도 아닌 곳에 어떻게 꽃이 피었을까 싶어 유심히 살펴보니 그곳에 흙이 소보록하게 쌓여있다. 어디선가 날아온 흙인 듯싶다. 태풍과 거센 바람이 불 때 날리던 흙이 경사진 부분으로 몰리면서 주먹만 한 땅이 솟아난 게 아닐까 싶다. 그곳에 민들레가 뿌리를 내리고 있다.

지붕 위에 핀 민들레가 신통하기 그지없다. 하긴 도시의 보도블록 사이에서도 피는 꽃이니 어디든 장소를 가릴까. 숨 쉴 공간만 있으면 싹을 틔우는 생명이 예사로 보이지 않는다. 아래층 2하 6번방에 있을 때도 창문을 통해 민들레를 볼 수 있었다. 담벼락 밑에 피어있던 꽃은 그때 희망을 일깨워 주었다. 수감된 지 얼마 되지 않아 한없이 힘들고 고독하던 맘을 달래 줬기 때문이다.

지금 지내는 독방 창틀 밑은 지붕이다. 단독으로 지어진 일층 건물 한 채가 있는데 그 지붕이 벽과 창틀 사이에 있다. 창문 앞에 서면 바로 밑에 지붕이 있는데 이곳은 고양이들의 좋은 놀이터다. 던져주는 먹이를 먹기도 하고 햇볕을 쬐며 늘어지게 누워있기도 한다. 여태껏 고양이에게만 시선을 주다 민들레를 발견하지 못했는데 그들의 존재를 알고 나니 오랜 친구를 만난 것만큼이나 반갑다. 보아줄 사람이라고는 나밖에 없는데 아랑곳없이 열악한 환경 속에서도 굽히지 않고 꿋꿋하다.

수감자가 운동하는 곳 한쪽 공간에서도 민들레를 본 적 있다. 거기도 생명이 자라기에 마땅치 않은 곳이다. 시멘트 바닥 위에 고무판이 덮여 있어 여름에는 냄새마저 심했다. 강렬한 햇볕에 달궈진 고무판에서 나는 악취로 재소자들이 코를 막을 지경이었으니 오죽하겠는가. 그런 곳에서도 민들레는 가녀린 꽃대를 곧추세우고 있었다.

교도소에 민들레가 피는 건 그냥 우연일까. 문득 아니라는 생각이 든다. 모든 조건이 갖추어지면 못해낼 사람은 없다. 대신 어려운 상황에 부닥치거나 삶이 바닥이라고 생각될 때 사람은 쉽게 포기한다. 그런 사람들을 위해 작은 몸으로 부르짖는 생의 노래, 그건 바로 사람들에게 희망을 품으라는 메시지라 생각된다.

박완서 작가의 『옥상의 민들레꽃』이라는 소설에 이런 대목이 나온다. "사람들이 죽는 걸 막으려면, 옥상에 민들레꽃을 심으면 될 텐데."라는 아이의 독백인데 그만큼 민들레는 강인함을 상징하는 꽃이다. 소설에서 조그만 아이가 보았던 민들레가 지금 내가 보는 민들레와 겹쳐진다. 그날 아이의 가슴에 싹텄을 겨자씨 같은 희망이 가슴 속에 자리 잡는다. 민들레가 주는 위로가 나를 살게 한다.

꽃은 이곳이 열악한 환경인지 아닌지를 따지지 않는다. 그저 주어진 조건에서 자신의 본분을 다한다. 꽃이 없는 세상은 얼마나 삭막하겠는가. 비가 온 뒤에 땅이 굳듯이 민들레는 내게, 우리에게 매 순간 최선을 다하라고 말하는 듯하다.

어느덧 비가 조금 굵어졌다. 이 비가 그치고 나면 바람도 갈 빛으로 물들겠다. 나무와 이별을 준비하는 이파리가 빗물에 떠는 소리가 들린다.

2010.10.11.

52.
교도소 목욕탕

밖이 웅성웅성 시끄럽다. 무슨 일인가 싶어 내다보니 사람들이 분주히 오간다. 손에는 무언가 들려있고 한곳을 들락날락한다. 세탁소에서 동복을 나눠주는 줄 알았다. 자세히 보니 아니다. 나오는 사람들이 머리를 털고 있는 것으로 보아 머리를 감았다는 이야기다. 그곳은 다름 아닌 목욕탕이었다.

여태 그곳에 목욕탕이 있는 줄 모르고 지냈다니 등잔 밑이 어둡다. 가르쳐 주는 사람이 없는 데다 미처 생각지 못한 일이었다. 날이 추워지면 아무래도 목욕탕이 낫겠다 싶기도 하다. 매주 화요일에는 목욕하는 날이라고 한다. 이날은 운동 시간을 1시간에서 30분 줄여 나머지 30분은 목욕탕 이용을 허락하는 모양이다.

드디어 독방 수감자들의 목욕날이다. 그러잖아도 제대로 된 목욕을 하고 싶던 차에 잘됐다 싶어 나름대로 준비하고 탕 안으로 들어갔다. 목욕탕 시설이 궁금하기도 했다. 안은 컴컴하여 주변을 분간하기가 어려웠다. 수도꼭지를 틀자 미지근한 물이 졸졸거리며 나온다. 일반 목욕탕과 전혀 딴판이다. 부풀었던 마음이 순식간에 식어버린다. 시원스럽게 뿜어져 나오는 물줄기는 상상 속에서나 존재하는 것이었다. 좁은 공간에 다닥다닥 붙은 사람들이 샤워기 하나씩 차지하여 몸을 씻는다. 대충 머리에 비누칠하고 찬물로 헹구는 둥 마는 둥 하고 탈의실로 나와 버렸다.

5월에도 목욕 시설을 이용하게 했다 하는데 전혀 기억나지 않는다. 그때는 검찰 조사받으러 다니느라 정신이 없었다. 당연히 목욕탕이 있다는 것조차 몰랐다. 그런 탓에 내심 기대를 하고 들어갔지만, 실망스러웠다. 원래 기대가 큰 만큼 실망도 큰 법이긴 하다. 교도소에서는 죄수에게 복지 혜택을 준다는 취지로 활용한 제도겠지만 시설을 방치해둔 느낌이다. 이왕 사용하게 하는 거라면 조금만 더 신경 써준다면 좋을 텐데 아쉽다.

아내가 보내준 책 두 권이 도착했다. 한 권은 고사성어에 관한 책이고, 다른 한 권은 수필 쓰기에 관련된 책이다. 글을 쓴다는 말에 누군가의 조언을 받아 그런 책을 보낸 것 같다. 고사성어를 다룬 책은 마음의 안정을 위해 보냈다고 하니 뭉클

하다. 책을 쓰다듬어 본다. 책을 골랐을 아내의 마음이 만져진다. 눈물 한 방울 책 위로 톡, 떨어진다.

책장을 조심스럽게 넘기자 필체의 흔적이 남아 있다. 누군가 읽은 책이었다. 누군지 알 것 같다. 수필과 수기는 다르다고 충고해 주던 얼굴이 떠오른다. 책을 읽는 동안 그가 옆에 있는 듯 친근하다. 주변을 둘러본다. 아무도 없다. 순식간에 마음이 허해진다. 외로움을 억누르며 다시 책장을 넘긴다.

내가 쓰는 글은 문학작품이 아니다. 하루 일과와 마음을 정리하는 일기에 불과하다. 외로우면 외로운 대로 속이 상하면 상한대로 흔적을 남긴다. 지금 상황에서는 굳이 일상을 어떤 틀에 담고 싶지 않다. 훗날 지금의 삶을 고스란히 책으로 남기고 싶은 욕심은 있다. 그렇게 할 수 있을까 생각하니 책이 더 소중하게 다가온다.

매일 글을 쓰는 건 쉽지 않지만 이마저 하지 않는다면 정신적인 시간 속에 침몰해 버릴지도 모른다. 교도소라는 특수한 환경은 자기 삶에 약이나 독이 될 수도 있다. 그러니 아무렇게나 짓밟힐 수 있는 자신의 존엄성을 지키기 위해 정신을 바짝 차려야 한다. 거친 사람들과 부대낌 속에서 여린 마음은 상처를 받기도 쉽다.

가끔 억울한 일을 당하거나 불합리한 처우에 분노가 일어날 때 마음을 다스리는 건 밖이 아닌 안을 보는 것이다. 가장 좋은 방법이 일기나 글을 쓰는 게 아닌가 한다. 독이 될 수도 있는 일을 약으로 만들어가는 열쇠가 자신을 돌아보는 글 속에 있다. 어렵더라도 마지막 날까지 일상을 노트에 담아야겠다는 각오가 무르익는다. 매일 나와 대화하는 기분이 드는 것만으로도 가치는 충분하다.

　언젠가는 이 글을 보며 미소 지을 나를 상상한다. 미래의 내가 잘하고 있다고 등을 톡톡 두드린다.

2010.10.12.

53.
바닥과 마주하다

바닥은 받아들이는데 익숙하지만
내어놓는 데는 인색하다
한번 붙잡으면 끈질기게 물고 늘어진다
바닥은 깊이가 없지만 함정을 품고 있다
바닥에 익숙해지면 포기와 절망이
부록으로 따라 붙는다
그가 누구든, 무엇이든
차별하지도 구별하지도 않는 바닥
하지만 눈물과 의지 앞에서는
뒤집힐 줄도 아는 바닥
바람에 휘어지는 공중보다 견고한,
바닥은 때로 위로의 말씀으로 다가온다

교도소는 특수한 장소인 만큼 다양한 부류의 사람을 만난다. 어떤 사연으로 여기까지 왔는지 몰라도 부지런하고 예의도 바른 데다 선해 보이는 사람도 많다. 물론 그들의 깊은 내면까지 들여다볼 수는 없으니 악하고 선하다는 이중 잣대를 들이댈 수는 없다. 내가 보는 관점에서 느끼는 주관적인 생각이다. 이곳에 들어올 사람이 아닌 것 같은데 왜 그랬을까 하는 의구심이 들 때가 있어서다.

아무리 의식주가 보장되고 치열한 경쟁의식이 배제된 곳이라 하더라도 자유가 없는 곳에서는 인간다운 삶을 누릴 수가 없다. 사람은 현재의 삶에 지치면 현실에서 도피하고 싶어 한다. 그렇다고 교도소를 선호하는 사람은 없을 것이다. 갇히게 되는 순간, 삶이 끝났다고 생각하는 사람도 많다. 그러니 탈옥을 시도하는 내용이 담긴 책이며 영화도 나왔을 터이다.

사람들은 현실에서 도피하기를 원하면서도 현실로 돌아가고 싶어 한다. 몸에 밴 습관을 쉬이 버릴 수 없어서일지도 모른다. 재소자들은 그러한 습관을 강요에 의해 버리게 된 사람들이라고 할 수 있다. 그들은 자신이 현실을 떠나있는 동안 급격하게 변화하는 세계에서 도태되어 버릴지도 모른다는 두려움을 갖는다.

환경도 한몫을 한다. 교도소는 일반적으로 높은 벽으로 둘러싸여 있다. 그 때문에 햇빛이 들지 않아 습기가 많다. 습기는 어두운 그림자를 만들고 마음마저 눅눅하게 한다. 환한 세상을 동경하는 이유다. 그렇다 보니 출소하기만 하면 만사 해결될 것 같은 환상에 사로잡히기도 한다.

통제는 각자의 성장과 가능성, 의지를 꺾어버린다. 수많은 규칙은 죄수들을 더욱 움츠리게 하고 긴장하게 한다. 물론 교도소에 정해진 룰이 없다면 걷잡을 수 없는 혼란에 빠질 것이다. 갇혀 지내는 사람들도 이를 인정한다. 단지 몸에 배지 않았기에 얽매이기를 싫어할 뿐이다. 이곳은 일종의 다른 세계다. 그것을 인정해야 한다. 규칙은 질서를 유지하게 하는 동시에 쇠사슬이 된다. 쇠사슬은 육체뿐만 아니라 마음의 자유까지 차단해 버린다. 긍지는커녕 통제의 압박 속에서 반성의 시간만 주어진다.

이곳은 개인의 과거나 현재의 모습을 인정하지 않고 오직 수인번호가 한 사람을 대신한다. 교도소는 지옥이 아니지만, 삶의 밑바닥이다. 어떤 시대나 역사, 혹은 인간의 바닥이라는 사실만은 분명하다. 이처럼 낮고 어두운 곳에서 살아가기 위해서는 여기에 걸맞은 의식을 갖추지 않으면 안 된다. 이것은 비단 징역살이에 국한된 문제만은 아니다.

사람은 자신이 정립한 철학 위에 몸을 뉘게 마련이다. 누울 자리는 스스로 만들어야 하듯이 나름의 철학을 정립해야 한다. 이 차갑고 눅눅한 교도소에서도 사람들은 활동반경을 형성한다. 생존본능은 사람을 절실하게 만든다.

어떤 고난을 마주했을 때처럼 징역살이도 자신의 상황을 받아들이는 용기가 필요하다. 현실을 인정해야만 설 자리를 확보할 수 있다. 모순의 구조 속에서 위치를 규정할 수 있게끔 대자적(對自的) 인식 태도를 취해야 한다. 동시에 갇혀있는 동안 무엇을 배우고 무엇에 물들지 말아야 하는가를 가릴 수 있는 혜안이 필요하다.

사자는 자신의 새끼를 절벽에서 가차 없이 밀어버린다. 스스로 깨우치고 살아가게 하기 위함이다. 상처투성이가 되고 고독의 본질을 깨달아야 인간도 성장할 수 있다. 나는 벼랑에서 떨어진 순간, 암흑을 거쳐 비로소 심연의 바다에 비쳐드는 한 줄기 빛을 발견하게 되었다. 그 빛은 바로 현실을 인정하고 그 속에서 희망을 찾는 것이었다. 희망은 때로 척박한 땅에서 만나게 되는 한 송이 풀꽃과 같다는 걸 알게 되었다.

2010.10.13.

54.
피할 수 없으면 견뎌라

　날씨가 심술을 부리는 것일까. 계절상 가을의 중심인데 쌀쌀하다. 나만 그런 게 아닌 모양이다. 다른 재소자들도 추운지 몸을 잔뜩 웅크린다. 추위에 대비하려는 이들이 담요를 더 달라고 난리다. 나는 어제 미결수용 동복을 신청했다. 옷이 따뜻하게 잘 나왔다 해서 기대가 크다.

　이곳은 한라산과 가까워서 날씨 변화가 불규칙하다. 때문에 사람들도 혼란스러워한다. 독방은 혼거 방보다 더 춥다. 같이 지내는 사람이 있으면 서로 의지할 텐데 혼자라 온전한 추위와 맞닥뜨린다. 물론 여름철에는 독방이 낫다. 혼거 방에서는 다른 사람의 체취를 피할 수 없을 때 인내심이 절정에 달한다. 그 때문에 여름철에는 독방, 겨울철에는 혼거 방에서 지내고 싶어 한다. 사람의 심리가 그렇다. 특히 마음대로 씻을 수 없는 곳이다 보니 날씨의 변화에 민감하다. 가을인데도 벽이 차가운 걸 보면 겨울 체감온도는 더 떨어질 것 같다.

어젯밤에 알고 지내는 교도관이 잠시 들렀다. 그의 방문은 적잖은 위안이 되었다. 사람과 관심이 필요한 곳이라 누군가와 이야기만 나눠도 따뜻해질 때가 있다. 교도관은 이곳에서 생활을 같이한다. 그들은 주어진 임무가 있기에 죄수들을 대하는 태도는 사무적일 수밖에 없다. 하지만 그는 좀 달라 보였다. 안정감을 준다고나 할까. 어떻게 하면 보다 더 편한 마음으로 지낼지에 대한 조언도 아끼지 않았다. 대화가 고팠던 터라 붙잡고 싶었지만 마음뿐이었다.

그가 가고 나니 방이 더 허허롭게 보였다. 외로움은 길드는 게 아니라는 걸 깨닫는 순간이었다. 오히려 누군가 왔다 가고 나면 본질적인 고독이 한층 더 몰려온다. 잠시나마 위로가 되어준 그가 고맙다. 좀 더 모범적으로 수용 생활에 임해야겠다는 다짐이 일었다.

독방은 한라산 쪽을 향해 창문이 나 있다. 다른 독방은 사방이 막혀있어서 매우 갑갑하다고 한다. 그에 비하면 내 방은 좋은 편에 속한다. 그렇다고 장점만 있는 건 아니다. 여름은 지내기 좋지만, 겨울은 다른 독방에 비해 춥다고 하니 말이다.

이곳에서 겨울 추위를 어떻게 견뎌야 할지는 2하 6번방에서 들은 바가 많아 대충은 알고 있다. 어젯밤에는 뜨거운 물이 들어 있는 페트병을 얼어 담요 속에 넣고 잤더니 추위가 훨씬 덜했다. 페트병이 몇 개 더 있으면 좋겠다는 생각이 들었다. 하지만 뜨거운 물은 쉽게 얻을 수 있는 게 아니다. 그에 상응하는 대가를 치러야 한다. 게다가 습관이 되면 의존할 수도 있기에 바람직하지 않다. 근본적으로 해결할 방법이 더 필요하다.

편한 생활을 추구할 수만은 없는 일이다. 견딜 수 있는 데까지는 견뎌보는 게 우선이고 피할 수 없다면 즐기라는 말도 상기해야 한다. 그 말은 사실 전혀 도움이 되지 않는다. 어떻게 생각하든 고통스러운 건 똑같기에 그렇다. 어쩔 도리가 없을 때, 그 말을 떠올리면 약간의 위안은 된다.

이곳에 갇힌 사람들은 나름대로 사연을 가지고 있다. 죄를 인정하지 않고 억울하게 갇혔다고 푸념하는 자도 있다. 자신이 처한 현실을 외면하고 싶은 마음 때문인지도 모른다. 비록 죄는 지었지만, 형량이 길어 억울하다는 하소연도 한다. 이 또한 마음이 무거워서일 수 있다. 어떻게든 남의 탓으로 돌려 짐을 덜어내고 싶어서일 게다. 올바른 태도는 아니지만 동정은 간다. 그렇더라도 현실을 직시하는 게 가장 현명하다.

모든 것이 나로부터 비롯된 것이며 스스로 해결해야 할 인생의 과제라고 생각해야 긍정적인 마음을 가질 수 있다. 죄를 지으면 대가를 치러야 한다는 세상 이치를 받아들여야 한다. 그래야 다음에는 같은 실수를 하지 않을 것이기에 그렇다. 변명하지 않고 당당하게 본인이 저지른 일을 책임지는 모습은 아름답다. 거기에서부터 새로운 삶이 시작된다.

깊은 가을의 속살을 헤치며 바람 한 줄기 창가에 머물다 사라진다. 마음속 깊은 곳 어딘가에서 바스락바스락 낙엽 밟는 소리가 들린다.

2010.10.14.

55.
타인의 입장에서

특수한 환경 때문일까. 이곳에서는 아주 사소한 일에도 우기는데 기를 쓰는 사람들이 있다. 전혀 문제가 되지 않는 일을 가지고도 고집을 부린다. 그 우김질도 찬찬히 들여다보면 자기주장을 내세우려는 것에 불과하다. 방법도 각인각색인데 몇 가지로 그 범위를 구분할 수 있다.

무작정 큰 목소리로 자기주장을 관철하려는 사람이 있다. 목에 핏대를 세우며 지르는 고함 때문에 다른 이의 반론이 묻혀버린다. 입만 있고 귀는 없는 우격다짐이다. 이런 사람은 다혈질이라 싸움이 번지기 쉽다. 과장과 다변으로 자기주장을 치장하는 이도 있다. 듣기에는 그럴듯해 보이지만 진실을 왜곡한 허구라는 걸 알 수 있다.

그리고 누군가가 그렇게 말했다는 둥, 무슨 책에 그리 쓰여 있더라는 식으로 남의 말을 빌려 마치 사실인 양 허풍 떠는 사람도 있다. 조리 있는 논리나 이론적 귀결로써 자기주장을 입증하려 하지 않는다. 유명인이나 특히 외국의 것에 편승하여 상대방을 얕잡아보고 겁주려는 엄포성 수법이다.

자기에게 유리하고 이익이 되는 요인을 병렬적으로 나열하는 플러스알파의 방법을 동원하는 사람도 있다. 불리하거나 손해 보는 일을 뒤로 감추고 자기 자신을 위한 논리만 펼친다. 또한 주제를 내세우고 그와 상반되는 이론을 제시한 뒤 전체 속에서 그것의 위치를 밝힘으로써 변화와 발전의 형태를 제시하는 이도 있다. 이들 가운데서 마지막 방법이 가장 지성적으로 다가온다. 그러나 이보다 현명한 건 상대방이 자신의 오류를 스스로 깨닫도록 유도하는 어법이라 하겠다. 그리고 기다려주는 게 중요하다.

이곳 사람들은 경우가 어떠하든 죄를 짓고 갇혀 있다. 때문에 어쩌면 자기가 지은 죄 일부분을 희석하기 위해 우김질을 포기하지 않는지도 모르겠다. 그렇게 괜한 시빗거리로 티격태격 다투다가도 본연의 모습으로 돌아가는 걸 보면 마음에 악의가 있어서는 아닌 것 같다. 그러다가도 끝까지 기운을 빼는 그들을 볼 때면 분노와 억울함이 한으로 남은 건 아닐까 하는 생각도 든다.

그런 모습을 접할 때면 나를 되돌아보게 된다. 나는 과연

남에게 우김질한 적이 있었을까. 억지스럽게 고집을 부리거나 고의로 남을 기만했던 기억은 없다. 물론 몇 번 비슷한 일은 있었다. 대부분 진실을 잘못 알고 있었거나 혹은 상대방이 잘 못 알았을 때 해명하고자 했던 일이다. 남들 앞에서 얕은 지식을 뽐내고자 우긴 일이 아니었지만, 당시의 내가 어떻게 보였을지는 그들의 몫이다.

교도소 안에서의 우김질은 방 분위기까지 헤칠 우려가 있기에 조심해야 한다. 모두 힘들게 지내는데 아주 사소한 문제로 마음 상하는 일이 없었으면 싶다. 어떠한 지식을 하나 더 알고 그것을 뽐내는 것보다는 함께 힘든 시간을 이겨내는 지혜가 필요한 시점이 아닐까 생각한다.

TV가 꺼지고 주변이 조용하다. 한두 사람만이 낮에 못 한 일을 챙기고 있다. 타인과 맘을 맞춰 살아간다는 일, 쉽지 않다.

2010.10.15.

56.
외로움은 외로움을 낳고

무심코 훑던 벽 사이에서

불쑥 튀어나온 이름 하나

콕 박히는 쓸쓸한 오후

갑자기 정지해 버린 시간

봄꽃이 들쑥날쑥 피었다가 지고

갈대가 비틀대며 눕고

환한 대낮에 별들이 쏟아져 내리고

잎도 없는 나무에서

낙엽이 쿵쿵쿵 떨어진다

가늠할 수 없는 마음의 깊이에는

상심한 이름들이 산다

외로움마저 보듬어야 할 차가운 밤이

또박또박 걸어오고 있다

창밖으로 보이는 하늘이 온통 파-랗다. 그 많던 구름은 다 어디로 가버렸는지 새의 깃털 하나도 보이지 않는다. 지내다 보니 이런 날도 만날 수 있다. 건물 밖 풍경을 상상해본다. 가을은 수확의 계절이니 일 년 중 가장 아름다운 광경이 펼쳐지고 있을 터, 잘 익은 곡식과 과일이 주는 풍요로움에 눈이 부시겠다. 땅의 생산력을 상징하는 데메테르 여신이 만족스러운 미소를 짓고 바라보고 있을 대지가 눈에 선하다. 그것들을 몇 시간이고 바라보고 싶은 생각이 든다.

가을 분위기에 빠져 있는데 면회가 있으니 나오라고 교도관이 부른다. 면회자는 기다리던 사람이다. 너무 반가워 한참을 멍한 상태로 바라보았다. 그는 사람들 틈에 끼어 오가는 대화를 듣고 있다. 시선이 마주치자 말할 기회를 빨리 달라는 무언의 눈빛을 보낸다.

짧은 시간 이어진 대화는 한계가 있어 그리운 마음만 겨우 전달하고 만다. 마음속에 쌓여있는 말들이 지워질세라 서둘러 말을 하는데도 시간은 째깍째깍 인정 없이 흐른다. 게다가 교도관이 대화를 기록하고 있으니 신경 쓰여서 하고 싶은 말을 다 못하고 만다. 어쩔 수 없는 상황에서 그는 표정을 갈무리한 채 문밖으로 나서고 있다. 덩그러니 홀로 남겨지자 걷잡을 수 없는 공허함을 맛본다.

모든 것이 문 하나로 차단된 현실 앞에 갇혀있다는 사실을 재확인한다. 반가운 사람을 만나는 날엔 가슴에 구멍이 더 커진다. 차라리 면회할 기회가 없었으면 하는 마음마저 생긴다. 혼자 있을 땐 외로움을 참을 수 있지만, 보고 싶던 사람을 만나고 나면 애써 누르고 있던 감정이 터져 버린다.

독방에 들어서는 순간 무엇을 놓친 포수처럼 이리저리 서성거리며 안절부절못한다. 면회가 있는 날이면 찾아오는 홍역과 같은 아픔이다. 얼굴이 발갛게 달아오르고 평소에는 소리를 죽이고 있던 심장도 세차게 뛴다. 그 두근거림이 오히려 낯설다. 이런 마음은 진정한 자아를 느끼게 한다. 심장의 두근거림이 쉽게 가라앉지 않는다. 좋았던 순간을 더 오래 지속시켜 보고자 하는 몸의 자연스러운 반응이다.

인간에게 추억은 떼어버릴 수 없는 그림자다. 그러나 자신에게 과거의 실패와 좌절의 꼬리표를 붙이고 다닌다면 괴로울 뿐이다. 과거에 집착하게 되면 현재를 바람직하게 살 수 없다. 과거는 변하지 않는 진실이다. 이 세상에 영원한 게 있다면 그건 분명 과거일 거다. 사람들은 과거에 대한 환상을 말하지만, 그 누구도 과거로 돌아갈 수 없고 내용을 바꿀 수도 없다. 과거는 더 이상 움직이지 않는 정지 상태로 존재한다. 기억의

문 앞에서 언제든지 뛰쳐나올 태세로 현실의 목소리에 귀를 기울인다.

현재는 끊임없이 변화하고 새로운 것들을 낳는다. 갇혀 있지만 변화를 거스를 수 없다. 생각이 생각을 낳을 수도 있고, 외로움이 또 다른 외로움을 데려오기도 하는 현실이다. 팔딱 팔딱 뛰는 심장처럼 시간도 생각하기에 따라 살아있거나 죽을 수 있다. 그 사실을 분명하게 인지하고 있는 게 중요하다.

집착은 해롭다. 스트레스의 상당 부분은 환경이 아니라 부정적인 생각이 만든다는 걸 깨닫는다. 이 점을 이해하는 것은 매우 중요하다. 이것을 알지 못하면 큰일을 감당하기 힘들어지기 때문이다. 판단력이 외부의 사건에 달려있다고 믿는다면 아주 사소한 일도 부풀려질 수 있다. 그만큼 외부의 영향력보다는 마음속 생각이 더 중요하다.

이 순간에도 오름 주변과 호숫가엔 갈대와 억새가 가을 드라마를 연출하고 있을 거다. 눈앞에 생생하게 떠오르는 과거의 한 지점이 점점 구체화되어 허공에 떠돈다. 바람에 훌쩍 올라타 그곳에 갈 수 있다면, 이런 생각을 하는 사이에도 과거는 생성되고 있다. 높은 담벼락을 바라보고 있는 지금의 나는 다름 아닌 먼 미래의 또 다른 과거다.

2010.10.16.